LES JOURS HEUREUX

Du même auteur aux Éditions J'ai lu

Il est des nôtres (6135)
Voyage, voyages (8064)
Le cri (8421)

LAURENT

Graff

LES JOURS HEUREUX

ROMAN

J'AI LU

À mes enfants

... il s'agit d'apprivoiser l'âme à la sérénité, qui est contemplation heureuse du néant.

Roger CAILLOIS,
Pierres réfléchies.

J'ai jeté cette toute petite chose qu'on appelle « moi » et je suis devenu le monde immense.

Musô SOSEKI.

Me voilà mort et enterré comme si j'avais vécu.

C'est une belle journée d'automne ; les arbres épandent leur feuillage sur la pelouse ; des pensionnaires emmitouflés progressent à pas lents le long des allées goudronnées, amassant et roulant des feuilles mortes entre leurs pieds ; une ambulance accompagne un nouvel arrivant à son ultime résidence ; assis au côté d'Alzheimer, les bras déployés en accolade sur le dossier du banc, un petit sourire d'aise planant comme une mouette au vent, je respire l'air frais du parc des *Jours heureux*. Passant au ralenti, une serviette-éponge autour du cou, Bébel exécute son petit footing matinal, étonnamment bronzé dans son survêtement blanc. D'une foulée rachitique, très économe, il fait un aller-retour entre la Maison et l'entrée de la propriété. « C'est la forme, Bébel ? — On maintient le cap ! »

Au bout de l'allée principale se dresse la Maison, vaste bâtisse de deux étages, de construction récente, aux allures de chalet suisse avec ses balcons en lambris. Au rez-de-chaussée, de larges baies vitrées coulissantes, ornées de tentures fleuries montées sur rails, s'ouvrent sur le réfectoire. Une plaque en marbre annonce à l'entrée : *Les Jours heureux-Maison de retraite privée.* Un parking intérieur permet aux visiteurs de se garer au plus près. L'ensemble dégage une impression de saine quiétude et d'efficacité.

Je me tourne vers Alzheimer à ma droite, qui semble fixer un point dans l'espace, l'air concentré, les sourcils froncés :

— Où en étions-nous, Al' ?

Al' ne réagit pas, est resté bloqué sur une séquence qui monopolise toute son attention.

— Ah oui, mes dix-huit ans !

Soudain intrigué, Al' se tourne à son tour vers moi :

— Mais vous habitez où ?

— J'y viens, Al', j'y viens.

À dix-huit ans, j'estimais que j'avais expérimenté tout ce qui, grosso modo, constitue une vie ordinairement remplie, de l'amour au travail, de l'idéal à l'ambition, de la déception à l'ennui. J'avais connu, sous forme d'échantillons puérils, certes, mais significatifs, les joies et les désillusions de l'existence, qui me donnaient un aperçu que je jugeais suffisant. Je pensais que la vie, telle qu'elle s'impose grossièrement, ne me réservait plus aucune surprise « surprenante » qui aurait pu valoir d'espérer. Je décidai de vivre résigné, sans autre prétention, et de me préparer à ce qui devait advenir. « Mais vous habitez où ? »

Donc, un beau jour, je me rends à la Caisse d'épargne avec mon livret patiemment garni par mes parents depuis ma naissance. « Vous habitez à la Caisse d'épargne ? » Je présente mon livret et ma carte d'identité au guichetier et lui dis que je désire débloquer mon argent.

C'était mon droit, j'étais majeur, à présent. Le type vérifie mes papiers, tapote sur le clavier de son ordinateur et me remet le solde de mon compte avec une certaine satisfaction professionnelle, heureux de rendre service à un jeune qui débute dans la vie, et une dose de cérémonie ad hoc. J'empoche le chèque et vais directement à la banque le déposer. Ensuite, je me rends à la mairie. Là, je demande à voir la personne qui s'occupe des concessions funéraires. Ainsi, à l'âge où la plupart des jeunes se paient leur première voiture, j'avais décidé d'acheter ma tombe. Je voulais marquer ma vie d'une pierre.

Je me retrouve face à une employée médusée qui n'en croit pas ses oreilles. Elle me demande mon âge, s'étonne encore, essaie de me raisonner : « Il y a autre chose à faire, à votre âge, vous avez le temps d'y penser, vous avez toute la vie devant vous… Vous n'êtes pas malade ? » Non, j'étais en pleine forme, sain de corps et d'esprit, la rassuré-je. « Vous êtes certain de ce que vous faites ? », insiste-t-elle. On commence à remplir les papiers, elle me regardait d'un drôle d'air par-

dessus ses lunettes, visiblement perturbée ; je lui souriais aimablement. « Vous voulez un caveau familial ou une concession individuelle ? » Je n'avais pas réfléchi à la question. Il était à peu près sûr que je me marierais d'ici quelques années, comme tout le monde, que j'aurais des enfants, si tout allait bien, mais de là à prévoir aussi leur tombe… Après un instant de réflexion, j'optai finalement pour une concession individuelle, n'anticipons pas trop. « Perpétuelle ou temporaire ?
— Perpétuelle. » Elle consulte un registre, une sorte de cadastre mortuaire, de grand livre de comptes, et note un numéro d'emplacement. Je lui demande s'il est possible de se rendre sur place pour juger du lieu, de la situation de ma future sépulture. Désespérée, elle me répond dans un soupir que l'attribution des concessions se fait d'office, selon un ordre établi, et elle me montre sur le registre le plan d'occupation du cimetière, pointant du doigt les deux mètres carrés qui me reviennent. Je signe les documents et verse un acompte en attendant de régler la facture, qui me parviendra par courrier. Je la remercie bien et

vais pour la saluer : elle me tend une main triste, cadavérique, sans vie. Elle avait l'air complètement abattue, démoralisée, la pauvre ! Ma visite lui avait fait de l'effet. Alors que je sortais de son bureau, elle me lança : « J'ai un fils de votre âge. » Je lui adressai un dernier sourire et la quittai pour aller dans un magasin de pompes funèbres. « Mais vous habitez où ? »

Sans vouloir faire de mauvais esprit, honnêtement, le type des pompes funèbres ressemblait plus à un boucher qu'à un croque-mort. Le teint rouge bon vivant, un embonpoint indécent, une jovialité mal à propos, du genre « Qu'est-ce qu'on vous sert ? », qu'il s'efforçait de réfréner tant bien que mal. « Monsieur ? », en affectant un ton de condoléances, le couteau à la main. Je lui expose mon cas et, en bon commerçant, il s'étonne à peine : « Vous avez raison, il n'est jamais trop tôt pour y penser. » Je lui dis que j'aimerais orner au plus vite ma sépulture d'une pierre tombale pour concrétiser la chose. Il me regarde d'un air soupçonneux : « Vous ne comptez pas vous… » Non, pas du tout, je n'envisage aucunement de mettre fin à mes jours, ce n'est pas dans mes intentions, au contraire, je veux vivre tout mon dû. Il était rassuré. « Nous avons quelques modèles en exposition, ou bien sur catalogue. » Je fais un petit tour dans la boutique, passant en revue les différents marbres et granits, appréciant au passage du plat de la main le poli d'une dalle ou la courbe d'une stèle. Je voulais quelque chose d'ordinaire, sans originalité ni effet esthétique. Une tombe. J'en trouvai une, remisée dans un coin du magasin, qui me semblait convenir : un marbre gris clair avec une stèle carrée, le modèle basique. Le type parut déçu par mon choix, sans doute aurait-il préféré que je choisisse une pierre plus travaillée pour faire honneur à son art. « Bien, monsieur, comme vous voudrez. » Il m'explique qu'il faut d'abord attendre que ma concession soit enregistrée avant d'entreprendre quoi que ce soit : « De toute façon, rien ne presse, n'est-ce pas ? » Il s'occupe de tout et me recontacte. « Je vous souhaite une bonne journée, monsieur ! »

Voilà comment, à dix-huit ans, j'ai acheté ma tombe. « Mais vous habitez où ? »

Il est midi. La cloche des *Jours heureux* retentit dans la cour, qui sonne l'heure du déjeuner.

— Allez, viens, Al', on va bouffer.

J'aide Alzheimer à se lever et gagne le réfectoire en compagnie des autres pensionnaires, du même pas lent et compté que j'ai fini par adopter pour ne pas arriver toujours le premier.

Le réfectoire est une grande salle lumineuse qu'on a pris soin de distinguer d'une cantine industrielle par des aménagements chaleureux tout en gardant un aspect pratique. Le sol reste carrelé et facile d'entretien, mais on a choisi un carrelage à damier noble et avenant, sans le côté hygiénique agressif. Des tables en bois rondes disposées sans ordre, avec un large passage entre chacune, préservent l'intimité des tablées. Des plantes vertes naturelles dopées à l'engrais égaient çà et là dans des potiches le réfectoire. D'élégants lustres suspendus donnent à la salle à manger un côté salle de bal, que, du reste, elle devient en certaines occasions. Des haut-parleurs intégrés au décor diffusent une apaisante musique d'ambiance pendant les repas.

J'accroche ma veste dans le vestibule à un portemanteau, au milieu des écharpes tricotées et des bonnets de laine, des casquettes rugueuses et des manteaux fourrés aux poches bourrées de mouchoirs humides et, pendue à une patère, la serviette-éponge de Bébel. Les infirmières ont descendu au préalable les « semi-valides » pour éviter tout bouchon, et ils attendent hargneusement à leur place que le service commence – « Pourquoi on nous a fait descendre si tôt ? » Des retardataires arrivent au guidon de leur déambulateur, dodelinant de la tête et avançant en terrain miné un chausson après l'autre. Chef est déjà installé, les deux poings sur la table, bien campé sur sa couche d'incontinent, murmurant ses éternelles doléances. Je m'assois à ma place attitrée, respectant l'ordre consacré pour ne pas contrarier les habitudes de mes compagnons de table. Peu à peu, le réfectoire se remplit. Un brouhaha bougon envahit la salle, rythmé par les roulements de couverts impatients des parkinsoniens. Perdus, les « Alzheimer » cherchent encore leur place.

Autour de la table, dans le sens des aiguilles d'une montre, figurent Bébel, le teint splendide (78 ans) ; Le Marec et sa femme Alice, fraîchement permanentée et colorée en violet améthyste après le passage du coiffeur (82 et 79 ans) ; Marguerite, dite, en coulisses, le Milliard, à cause de sa légendaire fortune (86 ans) ; Chef, ancien cuisinier et athlète de lutte gréco-romaine (90 ans) ; Jean, homme discret et souriant, qui ne se remet pas de la mort de sa femme (76 ans) ; et Clarisse, très portée sur la chose, ne manquant jamais une occasion de soulever ses jupes et de tâter de la braguette (80 ans). Évidemment, je détonne un peu avec mes trente-cinq ans. Malgré la différence d'âge – toute formelle –, j'ai su m'intégrer et me faire accepter sans trop de difficulté, jouant de courtoisie et de docilité, et, aujourd'hui, je suis considéré par tous comme un pensionnaire à part entière.

Il fallut pour cela d'abord convaincre le directeur, M. Révelli, dans un premier temps, que je n'étais pas fou – « Mais c'est dans un asile que vous devriez vous faire interner, mon vieux ! » –, ce qui ne fut pas évident ; dans un deuxième temps, de bien vouloir me prendre à l'essai, à titre exceptionnel, moyennant majoration du tarif en vigueur, ce qui fut, à ces derniers mots, plus facile à faire admettre. La période d'essai s'avéra concluante. Je me montrai un pensionnaire exemplaire, abstraction faite de mon âge, discret et calme, valide, se pliant sans rechigner à la vie de la Maison, en somme, comme M. Révelli aurait souhaité qu'ils fussent tous. Aussi je fus adopté, sans que mon statut soit jamais officiellement défini. On m'autorisa à rester, avec toujours la possibilité de me demander de quitter les lieux dans l'heure qui suit.

Le personnel me prit d'emblée pour un cinglé et s'inquiéta de ma présence. Je remettais en cause la vocation des *Jours heureux* et on délégua des représentants auprès du directeur. M. Révelli expliqua le caractère exceptionnel de l'affaire et demanda aux employés de me considérer un peu comme l'idiot de la maison –

« Enfin, vous voyez ce que je veux dire » –, l'animal curieux, le jardinier, le fou du village, le tendre pas méchant – « Un peu de pitié, enfin ! ». Il rassura tout le monde, mon cas était un cas unique, il ne peut pas y avoir plusieurs idiots. Les délégués acceptèrent de tenter l'expérience et l'ensemble du personnel s'efforça de voir en moi un simple d'esprit, un gentil farfelu adopté par la Maison. On me traita comme tel et on me prit en amitié – « Alors, Antoine, ça boume ? ».

Quant aux pensionnaires, ils s'étonnèrent à peine de ma présence, me posèrent quelques questions sur ce qui m'amenait ici et, ma foi, si j'étais heureux comme ça. Les visiteurs qui me croisaient me tenaient pour un fils ou un petit-fils assidu – courant après un héritage, déduisaient-ils en trahissant leurs propres vues.

Aujourd'hui, macédoine de légumes et lapin à la forestière au menu. Les cantinières tournent autour des tables avec leur chariot et distribuent à la volée les assiettes. Des grognements animaux, dont on ne sait s'ils sont de satisfaction ou de dégoût, accueillent les plats du jour. Je me charge de remplir les verres de mes voisins – simple précaution –, au choix, eau ou vin. Eau pour Bébel – « Ce matin, j'ai fait douze minutes trente ! » –, vin pour Clarisse – « Quand est-ce que tu viens me voir, mon mignon ? ». Richard Clayderman accompagne au piano le vacarme des fourchettes malhabiles et le bruit de mastication salivante des bouches édentées. Les conversations sont rares, on est occupé. On s'attelle à son assiette, en rapace. On compare sa portion à celle de son voisin et on s'estime lésé. On en laisse la moitié, on n'a plus faim. Rompu au spectacle, je n'y prête plus attention et mange dans mon coin en silence. Je ne porte pas de regard critique, méchamment ironique, sur mes compagnons. Je me contente de constater l'insoutenable déchéance qui guette l'homme, avec la mort absurde au bout. Je ne peux plus vivre en dehors de cette vérité.

Vient le dessert. La friandise qui excite les papilles palpitantes et déride les yeux qui s'écarquillent. Chacun choisit sa pâtisserie parmi les trois proposées, un fruit de consolation pour les porteurs de cholestérol. Charmeuse, Clarisse cherche à obtenir du rab auprès de Jean, qui ne résiste pas. Bébel se met à renifler sans équivoque autour de lui et accuse du regard Chef, qui baisse honteusement les yeux en se trémoussant de gêne sur sa chaise. Les cantinières enchaînent aussitôt avec le café, tandis que les premiers pensionnaires quittent le réfectoire pour retourner à leur chambre. C'est l'heure de la sieste ou du feuilleton à la télévision. À une table voisine, une vieille s'agite dans son fauteuil roulant, qui ne veut pas manquer le début, réclame rageusement qu'on vienne la chercher. Les infirmières finissent tranquillement leur café en papotant, *Les Feux de l'amour* attendront. Je me lève sans un mot : « Où tu vas comme ça, mon chéri ? », me lance Clarisse dans un sourire plissé.

Calé contre un oreiller, je suis allongé sur mon lit et regarde *Les Feux de l'amour* à la télévision. La chambre est spacieuse et claire, agréablement meublée et équipée de tout le confort moderne. *Les Jours heureux* sont une résidence du troisième âge de standing, dotée d'une assistance médicale, proposant des prestations de qualité et des activités variées (atelier mémoire, jeux, sorties, spectacles), dont la devise est : « La science donne des années à la vie ; *Les Jours heureux* donnent de la vie aux années. » J'aurais préféré quelque chose de plus ordinaire, plus fruste, mais je n'ai rien trouvé à moins de trente kilomètres – je ne voulais pas perdre de vue ma tombe. Je peux me le permettre grâce à un héritage providentiel, un lointain parrain sans autre héritier, pratiquement inconnu, que mes parents avaient choisi à l'époque en hommage à une amitié que l'on croyait indéfectible et à jamais fidèle. La vie les avait d'abord simplement éloignés, puis irrémédiablement séparés. Le parrain devint le fantôme d'une jeunesse révolue, jusqu'à ce qu'on apprît par acte notarié sa mort. Je plaçai le fruit de mon héritage sur un compte approprié, qui pourvoirait, selon mes calculs, au financement de ma retraite anticipée pendant une bonne cinquantaine d'années.

Pamela est amoureuse de son beau-père Jack, lequel est partagé entre l'affection pour son fils Michael et la lassitude qu'il éprouve pour sa femme, Ashley, dépressive et alcoolique notoire. Les éternels atermoiements de Jack résonnaient à plein volume dans toute la maison, alors, un beau jour, j'ai décidé d'y adjoindre l'image. Depuis, je dois expliquer aux pensionnaires qui n'ont pas bien compris les différents développements de l'intrigue et subtilités du scénario. On m'interroge au salon ou dans le couloir, on vient me trouver dans ma chambre pour avoir des éclaircissements. Patiemment, je fais le point, réponds aux questions, encourage les supputations et favorise le suspense en véritable promoteur du feuilleton. Bras et pieds croisés sur mon lit, je suis l'épisode du jour, prends des notes.

Après le générique de fin, je reste étendu et regarde le plafond. Dans le couloir, les infirmières effectuent leur tournée des chambres, changent les couches et s'enquièrent de l'état des malades, écoutent les misères de chacun et prescrivent des placebos pour contenter les geignards. On frappe à ma porte. Christine entre dans sa blouse blanche et referme derrière elle. Sans un mot, elle s'approche de moi et s'assoit sur le bord du lit. Elle me prend la main et la fourre sans détour entre ses cuisses. Je me laisse faire, joue l'innocent. Ce petit jeu dure depuis plusieurs mois et emprunte toujours le même rituel. Christine déboutonne ensuite sa blouse, dégageant deux gros seins dans leur bonnet qu'elle dégaine pour que je les tète. Je m'exécute pendant qu'elle défait ma ceinture. Elle me branle un peu et me suce. Puis elle monte sur le lit et s'assoit à califourchon sur moi. Elle s'active, trémoussant des fesses et ondulant du ventre. Elle se retourne et je dois la prendre en levrette. Elle gémit un peu, secoue la tête. Je geins de même. Quand elle a quitté la chambre, je reste étendu et regarde le plafond. J'ai reçu mon placebo.

Je suis marié – plus pour très longtemps : la procédure de divorce touche à son terme – et père de deux enfants.

Après le lycée, j'ai suivi de vagues études universitaires auxquelles je m'adonnais en dilettante. J'allais régulièrement sur ma tombe, où j'avais fait graver mon nom et ma date de naissance suivie d'un tiret. Je commençai à réfléchir à une épitaphe. La première que je fis inscrire sur une plaque – plus tard, j'en changeai – disait :

Ô vous, culs divins qui passez devant
[ma stèle
Caressez mon marbre de vos jupes
[légères
Lunes merveilleuses de ma nuit
[éternelle
De ma place je mate vos raies de
[lumière.

Les femmes me travaillaient. À cette époque, je fréquentais pas mal les putes. Non pas que je fusse incapable de me dégoter une fille, mais j'avais la flemme de draguer, de provoquer les occasions et de m'étendre en préliminaires et palabres. Je ne trouvais aucun intérêt à tout ce cérémonial scrupuleux, quand, enfin, le but inavoué est d'amener la fille dans son pieu. Et puis, j'en avais assez des amours d'adolescents attardés, je voulais me caser au plus vite, qu'on n'en parle plus. Toujours ma propension à devancer les événements courus d'avance.

Finalement, j'arrêtai mes études au bout de deux ans et cherchai un boulot. Je trouvai assez vite un travail de manutentionnaire dans une société de distribution. J'ai pris ce qui se présentait, sans trop y regarder, de toute façon, bien ou mal rémunéré, je vivrais quand même. Je m'installai dans un modeste appartement en ville et commençai à éplucher les petites annonces de rencontres, estimant que le procédé était déjà une économie de paroles inutiles. Je sélectionnais les annonces les plus franches, les plus chiches en exigences et conditions. Malheureusement, la plupart du temps, je tombais encore sur des putes embusquées. J'ai quand même fait la connaissance de quelques filles un tant soit peu sincères et désintéressées, mais qui m'auraient rapidement attiré des soucis. Je voulais une femme simple, modeste, résignée, avec qui envisager sereinement l'avenir : une épouse.

Après plusieurs mois de recherches infructueuses, j'ai fini par rencontrer une fille, dans mes âges, un peu paumée, toute timide, qui cherchait aussi à se caser. Elle croyait au grand amour et eut la faiblesse de penser que je pouvais l'incarner. Je ne la contredis pas, elle déchanterait assez tôt. À part ça, elle n'était pas bien exigeante ni compliquée, se contentait de peu, du moment que je l'assurais de mes sentiments dévoués. On s'est mis ensemble et je dois avouer que moi-même, je me suis laissé prendre un temps au jeu, sans résister, du reste : s'il y avait un peu de bonheur à saisir avant que la fatalité ne l'emporte… Je restais parfaitement lucide et savais qu'un jour viendraient le désamour et l'ennui. Après un an de vie commune, on s'est mariés et l'année suivante, elle était enceinte de notre premier enfant. De temps à autre, on allait sur ma tombe, armés d'un seau et d'une serfouette, pour enlever les mauvaises herbes, nettoyer ma pierre. Elle s'y était habituée, trouvait ça un peu insolite, mais admettait que c'était le lot de tous. Je passe sur les premiers symptômes de la dégradation prévisible de notre couple, les reproches, les bouderies, la rancœur qui s'accumule. On a eu notre deuxième enfant un an après le premier, vite fait bien fait, avant que le désir ne s'estompe complètement et rende la procréation laborieuse ; un garçon et une fille, c'était suffisant. Au début, j'ai voulu m'occuper de mes enfants, leur donner le goût de la vie que je n'avais pas, sûrement m'y suis-je mal pris ou ai-je manqué de conviction. Quand ils ont commencé à grandir, ils m'ont fait comprendre qu'ils n'avaient pas besoin de moi pour se forger leur propre idée de l'existence. Puis ma femme s'est mise à avoir des prétentions de liberté, des ambitions grandioses et des rêves de réalité différente. Je l'ai laissée rêver et la réalité lui dictait de rentrer de plus en plus tard le soir. Ça sentait la fin, après douze ans de mariage. Coup de pouce du destin, pichenette d'un heureux concours de circonstances, j'héritai alors de mon parrain inconnu qui me léguait sa fortune. Une fois de plus, je pris les devants : j'annonçai à ma femme et à mes enfants ma décision de les quitter. Les tropiques ne me tentaient pas; j'avais envie de calme, de paix, loin des vicissitudes exiguës de l'existence; je voulais me laisser flotter doucettement à la surface de la vie, faire la planche en attendant de finir entre quatre. À trente-cinq ans, je choisis de vivre dans une maison de retraite. Et me voilà à côté de toi, Al'. «Mais vous habitez où ?»

Crânienne ou funéraire, d'une boîte à l'autre.

Le temps s'est couvert. Un vent froid assaille les rares pensionnaires caparaçonnés sous plusieurs épaisseurs de vêtements qui se promènent dans le parc. Obstiné, Bébel lutte contre les éléments pour maintenir le cap. Assis sur mon banc, je fume une cigarette, seul. Alzheimer a été transporté à l'hôpital hier, victime d'un arrêt cardiaque. J'ai regardé ma mémoire partir en ambulance.

Aujourd'hui, après le déjeuner, une sortie est organisée au parc animalier de Thoiry. Le bus réservé par la direction pour l'après-midi attend déjà sur le parking. Le chauffeur arpente la cour les mains dans les poches, tapant des pieds pour se réchauffer. Il remarque ma présence et se dirige vers moi pour faire un brin de causette.

— Fait pas chaud !

J'opine du chef – je n'ai jamais été très loquace.

— C'est l'heure de la pause ? Vous travaillez à la maison de retraite ?

— Non, j'habite ici.

Le chauffeur ne comprend pas, croit à une blague. Tiré de ma torpeur, je me lève et m'éloigne sans lui fournir plus d'explications, lui laissant le soin d'en conclure ce que bon lui semble. Je croise Bébel dans son survêtement blanc, aux prises avec le vent, la bouche ouverte, le chronomètre à la main : il ne fera pas un bon temps, aujourd'hui.

La veille, j'ai reçu la visite de ma femme, qui venait me faire signer des papiers pour notre divorce. Nos deux enfants l'accompagnaient. L'amant de ma femme a préféré rester dehors. J'étais allongé sur mon lit, dans ma chambre, et mes enfants à mon chevet me regardaient comme un malade. « Ça marche, l'école ? » Debout au pied de mon lit, ma femme m'a demandé si ça allait en regardant autour d'elle, désignant par là ma chambre et la maison de retraite, ma nouvelle vie. Elle avait changé, avait pris de l'assurance et portait un manteau de fourrure. Le Milliard avait le même. Je me suis dit qu'elle devait être heureuse. Les enfants ont joué à un jeu électronique qui émettait des bruits d'explosions. Ils sont restés vingt minutes et ils sont partis. Ma femme m'a remercié pour les papiers. Mes enfants m'ont embrassé sur la joue du bout des lèvres, comme on embrasse les vieux.

Deux accompagnatrices encadrent les pensionnaires qui participent à la sortie : « On y va ! », lance celle qui porte le pain rassis pour les biches. Une cinquantaine de vieux sur leur trente et un sortent de la Maison clopin-clopant, le sac à main sous le coude et la casquette sur les yeux, parés pour l'expédition. Il y a de l'excitation dans l'air : on va prendre le bus. Pour l'occasion, Clarisse, qui continue à se maquiller tous les jours, avec plus ou moins de réussite, a mis le paquet. Le Marec et Alice vont bras dessus, bras dessous comme à leurs noces, hochant la tête en chœur comme s'ils se répétaient oui, oui, oui. Bébel pique un petit sprint pour se glisser dans le peloton de tête, des fois qu'il n'y ait pas assez de places pour tout le monde dans le bus. Je suis le mouvement.

Je suis de toutes les sorties – on m'a vu au *Lido*, à *Holiday on ice*, à Iggy Pop (une erreur de la direction). Il n'est pas question pour moi de me dérober et de déroger à mon statut de pensionnaire. J'ai choisi de vivre ici, j'en assume toutes les conséquences et en accepte les règles, visite de Thoiry comprise. Je me fais un devoir d'y participer et m'interdis de m'y soustraire. Les sorties en groupe font partie du traitement mortifiant que je me suis imposé.

Je m'assois au fond du bus, non pas pour lancer des grimaces aux automobilistes, mais pour avoir sous les yeux les deux rangées de sièges occupées par mes compagnons comme une haie d'honneur faite à mon humiliation. L'accompagnatrice s'est installée à côté du chauffeur, qui lui chuchote des messes basses à l'oreille en me désignant du regard dans son rétroviseur, sans doute pour avoir le fin mot de l'histoire à mon sujet. Le bus démarre : « On part ! », confirme une vieille devant moi, avec une légère anxiété dans la voix, un coup d'œil en arrière sur la Maison qui s'éloigne. On sort de la propriété et l'aventure commence : la ville, les gens, les voitures, la vie mouvementée des hommes. À l'abri derrière les vitres du bus, les vieux regardent avec étonnement le spectacle de la rue. On montre du doigt quelque vestige du passé, une épicerie, un monument, une façade ; plus souvent, on se tait. On a quitté la ville et c'est à présent un paysage évanescent qui défile, qui évoque d'anciens voyages, de lointaines escapades, comme un sourire cicatrisé, cousu de rides, qui se rouvre. On allait pique-niquer au bord de l'eau le dimanche ; on allait en Normandie voir la mer ; à Fontainebleau se promener dans la forêt.

Le voyage commence à être longuet – trop distants, les souvenirs ne suffisent plus pour tuer le temps. On se dissipe, on se trémousse sur son siège, on a mal aux os, on aimerait bien être dans son lit. Clarisse entreprend de mettre un peu d'ambiance, elle frappe dans ses mains et entonne : « *Il était un petit navire, qui n'avait ja-ja-jamais navigué, ohé ohé !* » Quelques pensionnaires suivent, sans conviction d'abord, murmurant plus que chantant ; puis, peu à peu, au fil des couplets, on se libère et bientôt, tout le bus reprend en chœur : « *Ohé, ohé !* » Je ne fais pas exception.

On arrive. Le bus s'arrête à l'entrée du parc et l'accompagnatrice descend pour présenter les réservations à la billetterie. Un panneau publicitaire géant représente des animaux grandeur nature, un tigre, une girafe, des singes, un rhinocéros. Une pancarte avertit les visiteurs qu'il est interdit de quitter son véhicule ou d'ouvrir sa fenêtre pour donner à manger aux animaux. L'accompagnatrice annonce à haute voix une pause-pipi avant d'entrer dans la réserve, par mesure de précaution. On se prépare à descendre dans l'affolement, on cherche les animaux du regard, rien en vue, la voie est libre, vite, profitons-en pour aller faire son pipi. On se presse aux portes des toilettes, à l'affût, toujours rien à signaler, on attend son tour, plus on y pense, plus on a envie, dépêchons, ça y est, une porte s'ouvre, c'est à nous. On s'est trompé, on est chez les hommes, il faut s'accroupir et il n'y a pas de barre d'appui, tant pis, les tigres guettent, les rhinocéros chargent, on fait pipi debout. On a éclaboussé le bas de son collant, ses chaussures, il n'y a pas de papier, les girafes arrivent, le bus va partir sans nous, on ne s'essuie pas, on relève sa culotte, ouf ! ils sont encore là. On remonte dans le bus.

« Tout le monde a fait pipi ? » Le safari peut commencer. Le bus roule au pas sur une voie goudronnée à la rencontre des animaux. Le long du parcours, l'environnement a été aménagé en savane miniature, plans d'eau, succédané de jungle, en fonction des espèces présentes dans les différentes parties du parc. Pour l'instant, on ne voit pas grand-chose, à part, au loin, une espèce d'autruche échevelée, à la robe pouilleuse, tâtonnant du bec, mais la voilà qui approche ! Le chauffeur se met au point mort et les pensionnaires surveillent fiévreusement aux fenêtres la progression de l'animal, qui prend son temps, décompose ses mouvements, une patte après l'autre, l'air hautain, le cou flexible, jetant des coups d'œil arrogants à la ronde. L'autruche fait le tour du bus, observant les pensionnaires des *Jours heureux* en surplomb derrière leurs carreaux, l'air revêche, le cou raide, qui la suivent des yeux comme une bête curieuse : « Vous n'avez jamais vu une autruche ? » Puis le chauffeur reprend la visite : des girafes ont été repérées.

Les girafes retiennent plus longtemps l'attention. Leur majesté, leur convivialité et leur souplesse permettent à chacun d'admirer leur pelage tacheté et leur langue râpeuse sur les vitres – ce qui rappelle incidemment à Clarisse un de ses amants d'antan, lequel était doté d'une langue assez exceptionnelle, fort habile. On s'est arrêtés devant l'aire des tigres ; ils venaient sans doute de manger ; on a aperçu vaguement une silhouette féline à travers les feuillages ; Alice a tapé au carreau – « Hou hou ! » ; on les a laissés digérer. L'éléphant dormait. Le buffle buvait.

Le singe n'est pas farouche. Le singe est curieux, le singe est joueur. Le bus s'avance doucement dans l'enclos des primates et, bientôt, une bande de macaques à l'air voyou encerclent le véhicule – ABS, air conditionné, télévision –, visiblement intéressés. Rompus à la mécanique automobile, les premiers tâtent les roues, s'en prennent aux enjoliveurs, pendant que les seconds essaient de grimper aux parois, griffant la peinture, s'accrochant à tout ce qui dépasse. L'un entreprend de déboulonner le rétroviseur pour s'en faire un miroir, l'autre se brosse les dents avec l'essuie-glace et le restant se pend obscènement aux fenêtres, à la plus grande joie des pensionnaires, qui tendent les mains. Il fallait s'en douter, ça rappelle quelque chose à Clarisse, elle fouille dans ses souvenirs, mais n'arrive pas à mettre un visage sur tous ces poils, et cette fougue empressée, à la limite de la maladresse, pas forcément désagréable, ces façons un peu rustres, un peu brutes : « Marcel ! Au bal de la Saint-Jean. » Sur le toit, on entend gratter, comme des petites souris, en plus costaud. Le chauffeur commence à s'inquiéter et enclenche une vitesse pour repartir, accélérant progressivement, pour finalement quitter l'enclos sur les chapeaux de roue, des singes voltigeant dans le sillage du bus comme des spectateurs de rallye automobile.

On a bouclé le parcours. On descend du bus pour les attractions à pied et l'accompagnatrice distribue le pain rassis destiné aux biches. Je prends mon croûton et me dirige vers le grillage en compagnie de Bébel. Un daim cafardeux s'approche de nous de mauvaise grâce et on lui tend des morceaux de pain à travers les mailles de la clôture. L'animal d'un côté et nous de l'autre, chacun derrière son grillage, sa prison. « Cette vie ! — Qu'est-ce que tu dis ? — Non, rien. »

Il n'y a pas mieux. Quoi que je fasse, j'aurai en toute circonstance ce sentiment d'absurdité implacable, cette vision zoologique, générique, de l'homme ; je porterai toujours ce regard épingleur d'entomologiste sur mes congénères et moi-même. Non, il n'y a pas mieux. Je suis à ma place, ici, parmi ceux qui n'attendent plus rien et s'abandonnent à une vie caricaturale. Vivre est devenu trop cruellement humain.

Autour de moi, les pensionnaires somnolent, s'endorment et s'effondrent les uns sur les autres. Le paysage défile par les fenêtres. Je regarde fixement devant moi du fond de mon siège, sans bouger, une tête de vieux en appui sur chaque épaule.

Communément, le dimanche est le jour des visites. Les parents viennent voir les pensionnaires à la maison de retraite, discutent un peu avec eux dans leur chambre – « TU N'AS BESOIN DE RIEN ? » entend-on crier –, parfois les emmènent prendre l'air pour les fatiguer ou les entraînent dans une réunion de famille bruyante. Bébel attend la visite de ses enfants. Il a troqué son survêtement pour un pyjama à rayures et garde le lit. Ses enfants paient une partie de la pension et il en rajoute toujours un peu pour justifier son internement. Ils ont déjà essayé de le prendre chez eux à tour de rôle, il ne veut surtout pas que l'expérience se renouvelle. Il est heureux comme ça et ne quitterait pour rien au monde sa retraite. Je le salue au passage : « Alors, Bébel, c'est la forme ? »

Il me répond d'un faible signe de la main depuis son lit, au bord de l'agonie. « Ah, tu as de la visite, aujourd'hui. Bon, je te laisse. »

Une fois par mois environ, je me rends sur ma tombe. Je continue à chercher une épitaphe satisfaisante, qui résumerait ma vie, mon œuvre. Les plaques mortuaires remisées s'accumulent dans mon armoire comme des trophées ; selon l'humeur du moment, il m'arrive d'en ressortir une qui redevient d'actualité pour quelque temps, avant de retourner au placard. Je préviens l'accueil que je serai absent la matinée et quitte la Maison à pied. Dans le parc, je croise Jean au bras de sa fille, marchant en silence, refaisant inlassablement le chemin du cortège funèbre qui a emporté sa bien-aimée.

Dehors, je tombe sur Francis, un voisin de la Maison, avec qui j'échange à l'occasion quelques mots sur le trottoir. Francis a une passion dans la vie : les voitures de rallye. Il en a acheté une aux enchères, une Renault 5 Turbo 2 bleue, qu'il bichonne toute la semaine dans son garage et fait tourner le dimanche avant de la remettre dans son écrin. Penché sur son bijou, en cotte de travail, Francis peaufine quelque réglage, nettoie au Coton-Tige le moteur et admire sa fière mécanique. Les mains maculées de graisse, il me tend son avant-bras pour que je le lui serre. On contemple un instant ensemble la voiture en hochant la tête :

— Il n'y a pas à dire, c'est de la bagnole !

— Tu sais qu'elle a appartenu à Jean Ragnotti ?

Je prends un air épaté, je n'ai jamais entendu parler de Jean Ragnotti.

— Et Bernard Darniche, il court toujours ?

— Non, ça fait longtemps qu'il a arrêté. Il fait de la publicité, maintenant. Tu veux faire un tour ?

— Merci, je dois aller au cimetière.

— Juste un petit tour de pâté de maisons.

— Non, je t'assure. Une prochaine fois.

Je tape sur l'épaule de Francis et continue ma route. J'aurais voulu être comme lui, vivre dans l'ignorance et l'immédiateté, avec des œillères, au lieu d'avoir constamment cette vue panoramique qui me réduit à l'état de poussière. J'aurais eu une Renault 5 Turbo 2 bleue ayant appartenu à Jean Ragnotti et les mains pleines de cambouis. J'aurais fait le tour du pâté de maisons : vrrroum, vrrroum !

Le cimetière se trouve à l'autre bout de la ville, soit une trotte de trois kilomètres. J'en profite pour faire le plein de cigarettes au tabac, salue en passant d'un signe de la main *Charbonneau Photo*, lequel me répond à tout hasard d'un même geste à travers la vitrine de son magasin – *Qui c'est, celui-là ?* Puis je m'arrête chez *Ducasse fils Pompes funèbres* qui, lui – après son père –, contrairement au photographe, commence à bien me connaître :

— Bonjour, monsieur ! Comment allez-vous ?

— Ma foi, toujours vivant.

— Vous nous enterrerez tous.

— Si ça ne tenait qu'à moi…

— Vous venez pour votre nouvelle plaque ? C'est prêt. Si vous voulez bien me suivre.

Nous allons dans la remise, où sont entreposées sur des étagères métalliques les commandes particulières et autres dédicaces posthumes personnalisées: *À notre regrettée grand-mère Émilie; Que ton repos soit doux, comme ton cœur fut bon; Le souvenir des jours heureux apaise la douleur…*, etc. – la platitude et le désintérêt des gens en matière de littérature mortuaire, ça me sidère! S'emparant d'une plaque d'un marbre gris clair assorti à ma tombe, M. Ducasse fils me tend ma dernière épitaphe, se permettant un petit commentaire: « Si vous voulez mon avis, elle est bien trouvée, celle-là. » Je vérifie le texte que j'ai envoyé par courrier après ma dernière visite sur ma sépulture, joint les consignes techniques habituelles. Je passe un doigt sur la dorure, apprécie la gravure et me déclare satisfait par le travail. Nous gagnons ensuite le bureau, où je règle ma note. « À votre service. À bientôt. » Et je repars, ma plaque sous le bras, comme un représentant.

Un mur d'enceinte entoure le cimetière, illusoire rempart. Je pousse la grille d'entrée et pénètre dans le sanctuaire des morts à pas lents. Une plainte silencieuse s'élève des pierres pour accueillir le visiteur ; la mort braque l'intrus et le dépouille ; une armée de croix le met en joue ; le marbre décline ses plaies ; la mort fait l'appel à la pelle. Je traverse le cimetière comme un touriste habillé sur une plage de nudistes. Les tombes impudiques me déshabillent du regard, écornent au passage mon frêle costume, une simple feuille de vie au calepin de la mort. J'ai beau fréquenter régulièrement le cimetière et m'être préparé de longue date, j'éprouve toujours un malaise face à ces alignements méthodiques de sépultures, cette implacable architecture. Un jour, dans ma chambre, j'ai pris un mètre déroulant et j'ai mesuré en centimètres l'espérance de vie, quatre-vingts ans, grosso modo, auxquels j'ai soustrait trente-cinq ans, soit quarante-cinq centimètres à vivre encore. Alors, lentement, centimètre par centimètre, j'ai enroulé ces quarante-cinq années restantes, jusqu'à n'avoir entre les mains qu'un misérable morceau de ruban de la taille d'un orteil : *quand ma vie ne tiendra plus qu'à un orteil.*

Debout devant ma tombe, je relis mon prénom, mon nom et ma date de naissance gravés sur la stèle. Il ne manque plus qu'une date pour que tout soit dit. Cruel résumé d'une désarmante vérité dont je ne peux me départir. Je dépose ma nouvelle épitaphe à la place de l'ancienne. Je contemple un instant ma future demeure en balançant la tête : « Cette vie ! »

Un kinésithérapeute, le tonique docteur Roche, vient tous les lundis et jeudis aux *Jours heureux* soigner les rhumatismes des pensionnaires, rééduquer les convalescents et entretenir la forme des plus vaillants. Une salle, torridement appelée « Salle de sport », a été aménagée et équipée suivant les conseils du thérapeute, qui y dispense ses soins avec largesse, lesquels consistent pour le moment à affermir les muscles fessiers d'une infirmière au rameur, pendant qu'une patiente appelle au secours aux barres parallèles : « OUI OUI, LÀ-BAS, C'EST BIEN, CONTINUEZ COMME ÇA ! Tire sur tes jambes, c'est ça, ça commence à venir, touche, c'est déjà plus ferme. VOILÀ, J'AR-

RIVE, UNE MINUTE ! UN PEU DE VOLONTÉ, ENFIN ! » Chef, au vélo, entame son troisième col pour muscler son sphincter : « ALLEZ, POUPOU, SERRE LES FESSES ! » Le Marec, aux haltères, s'attaque à son record personnel : « ALORS, MONSIEUR UNIVERS, ON SE LA SOULÈVE, CETTE BARRE ! » Le tout sur fond de *dance music* pour faire travailler le tympan. Je m'approche du docteur Roche, hésitant :

— ENCORE UN PETIT EFFORT, POUPOU ! Oui, je vous écoute ?

— J'ai une douleur au niveau des lombaires, là.

— Vous travaillez à la maison de retraite ?

— Non, j'habite ici.

— Ah, c'est vous, le jardinier ?

— Si l'on veut, oui.

— Allongez-vous sur la table.

Je m'allonge précautionneusement et le docteur Roche soulève ma chemise pour me tâter le dos. « Vous allez me faire une série d'abdominaux ; il faut remuscler tout ça, c'est mou. Une bonne ceinture abdominale et finis les problèmes ! Mettez-vous aux espaliers. » Docile, je m'exécute et entame une série de flexions. À côté de moi, Le Marec, à bout de forces, au bord de la tétanie, se voit contraint de déclarer forfait : « C'est bien, monsieur Univers. Ça suffit pour aujourd'hui. On s'attaquera au record la prochaine fois. ALLEZ, POUPOU ! REMETS-EN UNE COUCHE ! »

Après ma séance de kinésithérapie, je vais faire un petit tour au salon pour goûter au moelleux des fauteuils. Lieu de tous les potins, le salon est un peu le club privé de la Maison, où se retrouvent les habitués autour d'une limonade. Une bibliothèque met à la disposition des pensionnaires des ouvrages sauvés du pilon et gracieusement offerts. Les vieux qui lisent sont rares, qui piquent du nez dès la première page, et puis, tout ça est tellement futile, mais enfin, ça décore. On se rabat plutôt sur les magazines, les aventures amoureuses des stars, le mariage de Michel Sardou, Céline Dion va-t-elle avoir un enfant ? Clarisse a bien une solution à proposer pour pallier le problème, Alice s'insurge, Bébel ne dirait pas non, Clarisse voudrait bien voir ça. On me demande mon avis, je hausse les épaules ; Bébel me trouve bien difficile, photo de la chanteuse en robe moulante, le ventre désespérément plat, à l'appui. On passe au cas d'une autre célébrité. Je m'amuse à les écouter et leur pardonne. Les discussions que j'aurais dehors me pèseraient davantage, m'obligeraient à avoir une opinion circonstanciée. Or, je n'ai qu'une opinion globale qui se traduit dans un haussement d'épaules et un petit sourire désarmant. Souvent, on m'a pris pour un idiot. Je n'y voyais pas d'inconvénient, mais supportais mal qu'on cherchât à me convaincre ou qu'on me demandât de m'expliquer. Ici, au moins, on me laisse en paix.

Alzheimer est mort à l'hôpital. Je ne connaîtrai jamais son nom. Le pauvre était même incapable de dire comment il s'appelait.

Je suis assis sur mon banc. Un beau soleil d'automne illumine le parc. Derrière la fenêtre de son bureau, le directeur de la Maison m'observe à travers les rideaux. Au lycée, déjà, je m'asseyais sur les marches d'un perron et contemplais durant de longues heures les allées et venues des élèves dans la cour. Le proviseur m'observait de sa fenêtre. N'y tenant plus, un jour, il est venu me demander ce que j'attendais, assis là, sur ces marches, je n'avais donc pas cours ? Aujourd'hui, dans le parc des *Jours heureux*, je sèche la vie au soleil.

Jamel fait le ménage des chambres. C'est un petit homme agité, mâchant un chewing-gum entre ses dents blanches, les yeux pétillants, toujours un mot pour rire : « Salut, Antoine ! Devine ce que je suis en train de faire ? » Et il jette de l'eau de son seau sur le sol : « Je coule *Les Jours heureux*. » Je souris poliment et monte sur mon lit pour laisser la place à l'homme de ménage. Il passe rapidement la serpillière dans la chambre en chantonnant un air à la mode, puis s'arrête à mon chevet, son balai à la main en guise de tuteur : « Il y a une question que j'aimerais te poser, ça me tracasse depuis longtemps. Je n'arrive pas à comprendre ce que tu fous ici. Tu as quelque chose à cacher, tu as fait une connerie, tu te planques, tu fais le mort ? » À ces derniers mots, je souris franchement : « Il y a de ça. » Jamel me regarde, étendu sur mon lit, comme une énigme : « Je ne te comprendrai jamais. » L'homme de ménage prend son seau et sa serpillière : « Je vais faire la chambre du Milliard. Je crois qu'elle m'aime bien, un peu comme son fils, tu vois. Salut ! » Après le départ de Jamel, je reste allongé sur mon lit, en attendant que ça sèche.

L'après-midi, des ateliers proposent aux pensionnaires d'exercer leur mémoire, de s'initier à l'art de la poterie ou à la peinture sur soie. Je me suis essayé au début à la poterie, au hasard, et un peu en souvenir d'un ami exilé dans les Pyrénées, devenu potier !... L'animateur installe les participants devant un tour et un bloc de terre et commence la séance du jour : « Aujourd'hui, nous allons faire un vase. » Suit une démonstration élémentaire, sous le regard inquiet des vieillards : « Mouillez la terre, comme ceci ; faites tourner et appliquez les mains pour donner la forme souhaitée ; polissez avec les paumes ; creusez avec les doigts ; et vous avez un beau vase qu'il ne reste plus qu'à faire cuire. À vous ! » C'est alors une collection de figures vaseuses allant du godemiché à la peau de banane en passant par la bouse la plus informe qui naît des mains fébriles des stagiaires qui, emplis de bonne volonté, essaient bien de corriger le tir, d'approcher vaguement l'idée de vase: à défaut, ça pourra toujours faire un cendrier. Je ne me suis pas attardé et décline aujourd'hui toute participation aux ateliers – « Non, merci, sans moi ». En dehors des sorties et des spectacles organisés par la Maison, je m'efforce d'inoccuper mes journées, m'autorisant un minimum de distractions, dans un souci de vérité. Un petit tour au salon, une promenade dans le parc, retour dans ma chambre, je tue le temps au jour le jour avec une patience de tortionnaire.

La campagne des élections municipales bat son plein. Impartial, et pour ne pas exclure du débat les pensionnaires, M. Révelli octroie à chaque candidat à la mairie une journée d'information dans son établissement. L'un après l'autre, les compétiteurs vont à la rencontre des électeurs des *Jours heureux*, soit une bonne centaine de voix à glaner. Bien souvent, la visite consiste en une tournée des chambres, deux-trois mots attentionnés à chacun – sans trop insister, on n'en finirait plus –, une tape amicale assortie d'encouragements optimistes surréels, la distribution d'un tract succinct et efficace (photo, nom du candidat en gros caractères) accompagné de chocolats luxueusement enrobés, un lot de consolation un peu négligé, restrictions budgétaires obligent, pour les porteurs de cholestérol, minoritaires. Les tracts remplissent les sacs-poubelle des femmes de chambre, tandis que les boîtes de chocolats remplissent les vestiaires des infirmières en prévision de Noël. Le mieux est encore de prononcer un discours au réfectoire, juste avant le déjeuner par exemple, avec l'accord de M. Révelli, quelques minutes, pas plus, jouer avec l'attente avide des pensionnaires et leur souhaiter alors un bon appétit en y associant son nom ; ce jour-là, il pourrait y avoir un menu qui sort de l'ordinaire. C'est ce qu'a choisi de faire François Le Gond, qui pousse la subtilité jusqu'à sonner lui-même la cloche dans la cour : « À la soupe ! »

Muni d'un micro branché sur les haut-parleurs du réfectoire, François Le Gond prend la place de Richard Clayderman : « Tout le monde est là ? Ah ! je vois que monsieur n'a pas encore rejoint sa table. On se dépêche un peu, s'il vous plaît. Voilà ! Bien ! » François Le Gond se présente et rassure d'emblée ses électeurs, ils auront leur déjeuner dans quelques minutes, le temps de leur exposer brièvement son programme, qui comprend trois points essentiels : « Passons sur les deux premiers, un peu techniques, et, pour tout dire, qui n'intéressent plus vraiment les personnes de votre âge, n'est-ce pas, heureux pensionnaires des *Jours heureux* ! Donc, un point : UNE VILLE PROPRE ! » Au sens large, dans tous les domaines : le grand nettoyage. François Le Gond se met alors à arpenter le carrelage à damier, tirant sur le fil de son micro pour naviguer entre les tables et embobiner ses auditeurs. Fourchette à la main, les pensionnaires, qui ne s'y trompent pas, jettent un œil féroce à l'homme qui leur enlève le pain de la bouche, contrairement, comme celui-ci voudrait leur faire croire, à je ne sais quels mystérieux étrangers. Cependant, pris dans son élan, François Le Gond en oublie toute stratégie et s'emporte, s'escrime contre un adversaire invisible, fend l'air, menace du doigt le plafond, refoule, règle la circulation aux frontières. Des grognements d'impatience jusque-là contenus se font entendre dans l'assistance et j'en profite pour donner le tempo de la rébellion avec mon couteau contre mon verre. Mes compagnons de table, ravis, suivent à l'unisson, entraînant bientôt avec eux tout le réfectoire, qui se transforme en cantine pénitentiaire aux heures les plus chaudes. Le candidat à la mairie se voit contraint de conclure rapidement : « Je vous ai compris ! Bon appétit, mes amis ! » Les cantinières s'empressent aussitôt de servir les plats du jour, pendant que François Le Gond quitte piteusement les lieux sous les huées affamées du troisième âge.

Durant le repas, j'observe mes compagnons en repensant à cet imbécile de Le Gond. Ce que j'aime chez eux, c'est leur souci de l'essentiel et leur honnêteté foncière, vitale. Comme si la proximité de la mort rendait tout mensonge inutile et exigeait d'être sincère, sans dissimulation ou jeu aucuns.

Mais ce n'est pas toujours aussi simple et aussi facile que je veux le penser. Alors que j'effectue ma promenade matinale dans le parc, je trouve Bébel recroquevillé sur un banc, la tête dans les mains, en proie à un inattendu désarroi. « Qu'est-ce que tu as, Bébel ? Ça ne va pas ? » Le joggeur aux ailes brisées ne répond plus, il a perdu le cap et sur son hâle indéfectible coulent des larmes. Je ne suis pas le mieux choisi pour jouer les consolateurs, la psychologie – ce boulet qui freine l'homme et le détourne de son véritable malheur – n'est pas franchement mon fort. Après m'être assuré qu'il ne s'agit pas d'un malaise – « Tu veux que j'appelle une infirmière ? » –, je m'assois à côté de Bébel et me contente de lui tenir compagnie en silence. Mieux vaut que je me taise, je ne ferais qu'aggraver le moral déjà défaillant de mon compagnon. Cependant, tandis que Bébel à ma droite croule de plus en plus sous la douleur, je me dis que l'acharnement sportif du vieillard avait, à la réflexion, quelque chose de paradoxalement malsain, tout au moins de suspect, devait cacher une autre réalité. Était-ce une manière de juguler la peur de la mort ou de dissimuler un mal quelconque ? Une forme de bouclier ou de paravent ? Peu importe : le fait est là que le splendide Bébel a tombé le masque et est en train de pleurer à mes côtés. Cette vérité est à mes yeux une preuve supplémentaire à verser au dossier de l'universelle misère humaine ; je ne cherche pas à en savoir plus.

Je ne cherche pas non plus à retenir Bébel quand celui-ci se lève et se dirige sans un mot vers la sortie. Je le regarde s'éloigner dans son survêtement blanc et franchir la grille du parc des *Jours heureux*.

L'après-midi, Bébel n'est toujours pas rentré à la Maison. Prévenu de son absence par les infirmières de service, M. Révelli questionne les pensionnaires proches : « Et vous, Antoine, vous n'avez rien vu ? » Le directeur paraît inquiet. Ce n'est pourtant pas la première fois qu'un pensionnaire s'autorise une escapade ; d'ailleurs, libre à eux de sortir comme ils le souhaitent. Mais le cas de Bébel semble l'ennuyer singulièrement : « Bien, je vais prévenir la famille, alors. » Les enfants du vieillard fugueur débarquent en fin d'après-midi et, après un bref topo, décident de partir à sa recherche sans plus attendre. Il n'en fallait pas davantage pour provoquer une certaine effervescence dans les rangs des pensionnaires et déclencher la rumeur. Piqué par une curiosité pas très honorable, je l'admets, je suis les différents développements de l'affaire, écoutant ce qui se dit dans les couloirs, me joignant aux discussions, qui vont bon train. La famille revient à la nuit tombée, bredouille. En dernier recours, on convient avec M. Révelli d'appeler la police.

Devant la tournure que prennent les événements, un comité se réunit après le dîner au salon pour débattre du sort du fugueur. C'est alors que Jean, sortant de sa réserve, déclare d'une voix timide, au milieu des supputations les plus folles, qu'il croit savoir où est Bébel. Tout le monde se tait et attend la suite. Ça remonte à vingt ans. Sans le connaître, Jean croisait régulièrement Bébel, toujours au comptoir d'un bar, invariablement ivre ou en bonne voie de l'être. Jusqu'à ce qu'ils se retrouvent dans la même maison de retraite des années plus tard, Jean garde le souvenir d'un homme déchu, d'un alcoolique impénitent, d'un ivrogne gueulant à tue-tête et se faisant mettre dehors par le patron. Qui l'eût cru : le joggeur entêté luttait en réalité pour ne pas retomber dans les travers de la boisson. « On maintient le cap ! » Sacré Bébel ! Je comprends mieux – je me disais, aussi ! D'une certaine façon, ça me rassure.

Mais je ne peux pas décemment le laisser tomber. De plus, tous les yeux se braquent en cet instant sur moi. De l'avis de tous, il convient de le trouver avant la police et d'arranger l'histoire dans la mesure du possible.

« Ah, c'est toi ? — J'ai un service à te demander, Francis. » Flanqué de Jean et de Clarisse – qui ne voulait pas manquer ça –, je me tiens dans l'encadrement de la porte du passionné de rallyes : « Je ne te dérange pas ? » Francis était en train de regarder le journal télévisé, les accrocs de la cohabitation : « Non. Qu'est-ce qu'il y a ? » Je lui explique brièvement la situation, concluant: « Est-ce que tu peux nous aider à le chercher ? Avec un véhicule, ce serait plus commode. » Le temps de s'habiller et de sortir la voiture du garage, et il est à notre disposition.

C'est l'occasion d'essayer sa Renault 5 Turbo 2. Accroché à ma ceinture au fond de mon siège-baquet, je regarde défiler la route comme un film d'horreur. Le moteur du bolide pousse des rugissements bestiaux à frémir, ce qui rappelle à Clarisse… « Je t'en prie, Clarisse, ce n'est pas le moment ! » Investi de son rôle de chauffeur, Francis s'en tient strictement à l'objectif fixé, à savoir effectuer la tournée des bars et ramener Bébel au plus vite avant que la police ne le trouve. Les murs de la ville sont placardés de fugaces affiches électorales qui, avec la vitesse, se chevauchent et se superposent dans une lutte pour prendre le dessus, lutte dont sort victorieux le visage prometteur de François Le Gond, comme une image subliminale persistante. Sur les trottoirs, les passants sont rares et fugitifs, ne font que passer. « À mon avis, si l'on veut être sûrs de ne pas le manquer, il faudrait ralentir un peu, non ? Il cuve peut-être son vin dans un coin, auquel cas on risque de passer à côté sans le voir. Hein, Francis ? » Tassés sur la banquette arrière, Clarisse et Jean admirent un paysage galactique, aux étoiles filantes.

La ville est grande et les débits de boissons encore ouverts à cette heure sont nombreux. Les jambes en flanelle et le cœur nauséeux, je visite les bars un à un à la recherche de Bébel. Des buveurs au comptoir soliloquent en sourdine devant un demi, lisent leur avenir dans la bière ; des consommateurs attablés discutent à bâtons rompus de tout et de rien, se fatiguent la langue ; la fumée des cigarettes dessine des volutes languissantes qui s'accrochent au cou des beaux parleurs comme des entraîneuses. Je demande au patron s'il n'a pas vu un vieux en survêtement, une serviette-éponge autour du cou. Il s'en souviendrait, désolé, non. Je remercie et prends congé, raccompagné à la porte par un détachement de fumée mielleuse. Et je remonte en voiture pour un nouveau tour de manège : c'est parti, mon kiki !

En entrant dans le *Café de la Pointe*, le cinquième de la liste, n'y tenant plus,

je commande d'abord un rhum. Je vide mon verre d'un trait, puis mes poumons d'un soupir d'aise. *Mais où est-il passé, ce con ? On ne va tout de même pas faire tous les bars de la ville !* « Un autre, s'il vous plaît ! Pour la route. » De retour à la voiture, je boucle ma ceinture sans un mot, ignorant l'expectative de mes compagnons. « Alors ?
— Roule ! »

Deux bars plus loin, alors que nous dépassons une camionnette stationnée en double file, j'aperçois soudain un survêtement blanc tiraillé par trois colleurs d'affiches. Francis enclenche aussitôt la marche arrière pour revenir à la hauteur de l'attroupement et constater qu'il s'agit bel et bien du joggeur fugueur, en train de se faire ignoblement molester. Ni une ni deux, Francis et moi nous précipitons au secours de Bébel, bousculant les colleurs d'affiches, qui s'avèrent être des piliers de rugby. Je regrette incontinent de ne pas avoir essayé de parlementer au préalable, tente quand même, un peu tard, entre deux plaquages, d'instaurer le dialogue, d'une manière hachée et par trop décousue pour être convaincante. Francis, quant à lui, n'est pas en meilleure posture, mais déploie une science de l'esquive assez heureuse face à un adversaire un peu lourd. Nous recevons les encouragements sportifs et mimiques de Clarisse et Jean, descendus de voiture au prix d'efforts déjà miraculeux, ne leur en demandons pas trop. Par chance, un fourgon de police en patrouille vient à passer par là et quatre agents en tenue surgissent de l'ombre, encerclant les belligérants et annonçant : « Police ! » On connaît la discipline des rugbymen en présence d'un arbitre ; la mêlée s'interrompt, me laissant au tapis, la lèvre fendue, à demi inconscient.

De sorte que tout le monde se retrouve au poste ; on ne peut pas dire que l'expédition soit une réussite. Je me suis remis de mon K-O technique et attends d'être interrogé en compagnie de Francis et Bébel. Dans la cellule voisine, les trois colleurs affichent une mine confiante, à l'image du portrait qu'ils placardent sur les murs de la ville – quand on sait que c'est François Le

Gond, à leur place, je ne m'y fierais pas. Clarisse et Jean, quant à eux, répondent aux questions de l'inspecteur Namiech dans un bureau au premier étage : « Attendez ! Reprenons, si vous le voulez bien. Donc, vous avez quitté votre maison de retraite avec un certain Antoine pour partir à la recherche d'un certain Bébel, c'est ça ? Et Francis vous a conduits dans une voiture de sport ? » Les deux pensionnaires confirment et enchaînent : « Nous avons fait la tournée des bars. Il faut vous dire que Bébel... » L'inspecteur Namiech prend des notes, inscrit des noms sur une feuille : « Mais qui est Chef ? C'est lui qui vous a dit d'arracher les affiches de François Le Gond ? » Ça sent la manipulation électorale – *Un vieillard roué de coups par des colleurs d'affiches : le discrédit sur François Le Gond* –, le scandale politique dont rêve le jeune inspecteur, qui a vu tous les films d'Yves Boisset. Il est question ensuite de rébellion au réfectoire – le policier consigne – et de boîtes de chocolats : « Attendez, ne nous égarons pas. Moi, ce qui m'intéresse, c'est de savoir pourquoi vous avez décollé ces affiches et qui vous a demandé de le faire. — On n'a rien décollé du tout! C'est Bébel! Il était soûl!» Puis vient mon tour: «Une minute: mais vous habitez où, vous? — Ah! Pour bien comprendre, il faudrait commencer par le commencement.» Finalement, après trois heures d'interrogatoire, l'inspecteur Namiech, dépité, préfère relâcher tout le monde. Ce ne sera pas pour cette fois, le pot aux roses.

Le lendemain matin, les infirmières découvrent Bébel dans son lit, ronflant comme un chat, et tout rentre dans l'ordre. Il déclare qu'il s'est offert une petite virée, histoire de changer d'air, sans plus. Ses enfants lui téléphonent dans la journée, insistent pour savoir où il était, ce qu'il a fait; il ment avec une naïveté déconcertante, et chacun reste sur ses présomptions. L'avis de recherche est levé, tandis que le rapport de l'inspecteur Namiech sur les événements de la nuit est classé, sans que les deux affaires aient été rapprochées. Somme toute, on s'en sort plutôt bien, et les héros racontent au salon leur aventure nocturne. Laissant le soin à Clarisse et à Jean de faire le récit de leur escapade, je m'éclipse discrètement pour rejoindre le parc.

J'ai si peu pesé sur terre, qu'à son tour elle me soit légère.

J'ai toujours aimé les bancs. Ils sont l'image d'un retrait, le siège d'une prise de distance, d'une marginalité paisible en bordure du monde. Ils représentent un poste d'observation privilégié, un refuge aménagé, un dégagement en lisière du chemin pour ceux qui savent s'arrêter. J'ai passé de longues heures sur les bancs à contempler le monde. Il en est de merveilleux, incongrus, hautement improbables, dont l'emplacement est une révélation. Un homme sur un banc n'appartient plus à la réalité ou s'en détache. Ce simple gradin lui confère un statut de poète et lui prête une vision étendue. S'il est un lieu qui échappe à la tourmente, c'est le banc.

Je ne l'ai jamais vue auparavant. Elle est assise dans le parc des *Jours heureux*, enveloppée dans un manteau devenu trop grand, et regarde les arbres sans feuilles. Sans doute est-elle nouvelle, ou bien elle se révèle seulement maintenant, sur ce banc. Je m'assois à côté d'elle et partage sa contemplation. Nous restons ainsi, côte à côte, sans parler, réunis en une présence mutuelle, douce et raffinée. Si elle était plus jeune, ou si je ne redoutais une récupération religieuse, je parlerais sans crainte d'amour pour dire le sentiment indicible qui me rapproche d'elle en cet instant. Je parlerai donc d'une complicité intime, d'une collusion – accidentelle – d'esprits se couplant et se signalant l'un à l'autre. Cette étreinte impalpable n'a de durée que ce que nos corps nous laissent de répit. Aussi, en ce froid sec, ma voisine ne tarde-t-elle pas à montrer des signes de fatigue. Je me tourne alors vers elle, découvrant son visage: « Voulez-vous que nous rentrions ? »

Elle s'appelle Mireille et est arrivée il y a deux jours. Atteinte d'un cancer, elle a choisi de passer le temps qu'il lui reste loin des hôpitaux. C'est une *petite vieille*, que rien ne distingue, que l'âge et ses apparences réduisent à un statut, une image, un cliché, comme si elle n'avait pas eu de vie « au préalable », comme si elle n'avait pas d'histoire. Ses rides ne sont pas la marque du temps, mais un état de fait sans passé ni devenir, sinon celui de la mort proche que cet état implique. Elle n'est que ce qu'elle paraît aujourd'hui, figée dans la vieillesse, n'ayant plus d'avenir pour être considérée autrement.

Installé à son chevet dans sa chambre, je me propose de lui tenir compagnie. Moi, si distant d'ordinaire, si peu enclin à la sociabilité, je me surprends à causer de tout et de rien. Car si notre rencontre dans le parc avait quelque chose d'ineffable et de rare, la conversation de Mireille n'a rien d'exceptionnel. Tout juste Mireille est-elle un peu moins gâteuse que les autres pensionnaires et son intelligence un peu plus vive peut-être, mais elle n'échappe pas à ce relâchement, cette démission naturelle qui accompagne généralement la vieillesse et suscite la compassion. Pourtant, ce n'est pas la pitié – sentiment qui m'est étranger, étant bien trop désabusé – qui me pousse à rester auprès d'elle. C'est comme si je la choisissais solennellement en ce jour, à titre expérimental, pour l'assister et la suivre jusqu'à la mort. À travers elle, c'est l'extinction de la vie que je veux saisir.

Depuis mon arrivée aux *Jours heureux*, j'ai déjà eu l'occasion de côtoyer de près la mort, ne serait-ce qu'avec Alzheimer récemment, mais de manière beaucoup trop abrupte et involontaire. Je décide aujourd'hui, en la personne de Mireille – si toutefois elle m'accepte à ses côtés –, rencontrée par hasard dans le parc, d'escorter la mort dans sa lente progression jusqu'à son apogée. Ce n'est pas la peur, l'angoisse, qui me dicte une telle conduite, m'impose ce choix, mais l'incompréhension et la colère.

La maladie affaiblit beaucoup Mireille. Elle quitte rarement sa chambre, s'oblige à une courte promenade dans le jardin si le temps le permet, descend au réfectoire quand ses forces le lui autorisent. Je l'accompagne dans ses longs et pénibles déplacements, lui donnant mon bras comme soutien, réglant mon pas sur le sien. Elle m'a pris en amitié et accepte ma présence. Elle refuse de croire que je suis un pensionnaire de la Maison et veut voir en moi un infirmier dévoué qui pousse la bonté jusqu'à l'abnégation. À moins qu'elle ne cherche à se rassurer sur mon compte. Toujours est-il qu'elle apprécie mon service.

De la même manière, je m'attache peu à peu à elle – l'homme est attachant quand on le fréquente. Elle me raconte sa vie, une existence parmi tant d'autres, la sienne. Je l'écoute poliment, feignant de m'intéresser, alors que je ne vois dans son récit que le destin commun et désolant de tout un chacun. Il m'arrive de m'attendrir, comme on s'attendrit sur un visage en plan rapproché au milieu d'un champ de bataille. Une anecdote retient mon attention, avant que je ne la fonde dans la vaste histoire humaine.

Je deviens son confident de la dernière heure, son secrétaire particulier, consignant ses souvenirs et ses regrets. Elle est à ce stade où la vie apparaît dans ses grandes lignes, émaillée çà et là de petits détails d'une signifiance accablante. Elle a fait ce qu'elle a pu. De toute façon, il est trop tard, maintenant.

Elle est allongée sur son lit et je la veille. La surveille. Quand elle a assez parlé, elle ferme les yeux et sombre dans un sommeil prémonitoire. Je la regarde dormir et attends sur ma chaise qu'elle se réveille.

Noël approche. Le givre glace la pelouse du parc de son spray fixant et recouvre les bancs d'une laque luisante. Bébel m'apostrophe en passant devant moi. Depuis sa fugue, il n'est plus tout à fait le même. Il a perdu de son enthousiasme et de sa splendeur. Il a laissé son chronomètre aux vestiaires et a raccourci les distances.

« On ne te voit plus beaucoup, en ce moment. C'est le grand amour, avec ta copine ! »

Bébel serait-il jaloux de l'attention que je porte à Mireille ? Ainsi ai-je gagné une place dans le cœur de mes compagnons. Leur amitié fait plaisir, mais m'embarrasse, me gêne. Je veux être libre de tout lien, sentimentalement insipide. Pourtant, l'amour demeure toujours une tentation, la seule qui reste malgré la déception. Le salut de l'homme réside peut-être dans ce désir inextinguible, cette croyance obstinée en l'amour. Le plus refroidi, le plus éprouvé des êtres garde encore le souhait d'aimer.

Avant de retrouver Mireille dans sa chambre, je fais un détour par le salon. Deux livreurs en cotte sont en train d'installer un sapin de Noël fuselé comme un cyprès dans son filet. « Viens, Antoine ! On va décorer le sapin ! », me lance Alice. Je vais chercher Mireille pour l'inviter à participer à la décoration. Elle ne se sent pas trop fatiguée et accepte. Il suffit de peu de chose, quelquefois. Donnez un grand carton rempli de boules et de guirlandes de Noël à des vieillards, et vous verrez le bonheur briller dans leurs yeux.

« Attrape, Antoine ! » Mireille me tend l'étoile du Berger. Perché sur un escabeau, je m'occupe de garnir les branches hautes. Au pied de l'arbre, les vieux déballent le carton et s'émerveillent. Clarisse s'est affublée d'une guirlande et joue les aguicheuses, éventant les messieurs de son boa. Rentré de son footing, Bébel lui répond d'un coup de serviette dans les fesses. Le Marec s'essaie au jonglage, tandis que Chef entreprend de soulever Jean à bout de bras pour lui permettre d'accrocher une boule décisive. Du haut de mon perchoir, je les regarde s'amuser comme des gamins.

Puis je raccompagne Mireille dans sa chambre. Ce petit entracte lui a fait du bien et elle me dépose un baiser sur la joue.

Tous les ans, la Maison prévoit une animation pour le réveillon de Noël. L'année dernière, la direction a fait appel à un homme-orchestre, qui s'est révélé un peu trop enthousiaste et bruyant. Cette année, M. Révelli compte sur un magicien, un certain Dominique Zebb, pour animer la soirée avec sobriété.

Les tables du réfectoire ont été disposées en arc de cercle de manière que tout le monde puisse profiter du spectacle ; un espace a été aménagé le long des baies vitrées pour les grabataires, qu'on descendra le moment venu. Pour l'occasion, les pensionnaires sont invités à revêtir leurs habits de fête et le coiffeur a fait la tournée des chambres dans la journée. Le personnel a été prié également de faire un petit effort : rouge à lèvres et paillettes dans les cheveux accommodent dépit et humeur vengeresse des infirmières de permanence.

Accueilli par M. Révelli, Dominique Zebb arrive en fin d'après-midi pour préparer son matériel et ses effets spéciaux. « C'est la fameuse boîte à tronçonner les gens, non ? se renseigne le directeur. Et vous n'avez pas d'assistante, vous êtes venu seul ? D'habitude, les magiciens ont toujours une ravissante demoiselle qui les accompagne. » Dominique Zebb déclare qu'il fait appel au public, c'est son originalité. « Et ces tréteaux, là, ça sert à quoi ? » C'est le clou de son spectacle, un numéro de lévitation, sa spécialité. Le magicien lance pour preuve un regard envoûtant au directeur, qui s'inquiète : « Vous savez, à part le personnel, il n'y aura que des personnes âgées, pour la plupart malades ou invalides. » Dominique Zebb en fait son affaire et il conclut par une passe sibylline devant les yeux de M. Révelli, qui commence à regretter son choix : rien ne vaut un bon accordéoniste !

Passant le relais à une infirmière, je laisse Mireille s'habiller et regagne ma chambre pour faire de même. Je n'ai pas une garde-robe très étendue, le strict nécessaire, sans aucune coquetterie, une cravate noire pour les enterrements. À défaut de mieux, je l'enfile sur une chemise grise – gris et noir, ça va bien –, assortie d'un pantalon de toile, noir également. Je me regarde dans la glace : ça fera l'affaire. Un peu de parfum à l'encolure, sous les bras, et je descends au réfectoire.

Dans le couloir, des pensionnaires finissent de s'attifer tant bien que mal, pressés de connaître le menu et de voir l'un d'eux se faire couper en morceaux dans la boîte de Dominique Zebb. Je frappe à la porte de Mireille et elle m'accueille dans une robe à strass d'une élégance surfaite, quelque peu flottante, qui lui donne un air de petite fille essayant la robe de sa maman. Un jour, Mireille a sorti du tiroir de sa table de nuit un album de famille et m'a montré des photos d'elle jeune, de son mari, ses enfants, ses petits-enfants, toute une vie résumée en quelques photos choisies, une sorte de *best of* qu'elle consulte de temps à autre pour se rassurer. C'était une jeune femme désirable, que les hommes devaient regarder dans la rue et convoiter secrètement. Aujourd'hui, il ne reste plus qu'une vieille, la peau sur les os, que seule une perversité ignoble inavouée a rendue parfois désirable à mes yeux fautifs.

Mireille à mon bras, je conduis ma cavalière à la salle à manger, où une bonne partie des pensionnaires sont déjà installés. C'est une galerie de portraits à la James Ensor, une démonstration de rouge à joues, une compétition de permanentes et un concours de mode surannée sur mannequins centenaires. Assis autour des tables, les vieillards affectent des poses dignes dans leur costume de fête à l'intention d'un hypothétique jury. Tout investi de l'esprit de cérémonie requis en ce jour, préalablement « briefé » par les infirmières, on prend garde de ne pas abîmer son rouge à lèvres ou de ne pas froisser sa chemise. On réfrène ses instincts séniles et on serre les fesses.

Je prends place avec Mireille au côté de Bébel, étrangement débraillé, l'air vaseux et, pour tout dire, l'haleine fortement alcoolisée avant même que n'aient débuté les festivités et sans qu'une bouteille ait été débouchée. Sacré Bébel ! Au centre du réfectoire, M. Révelli s'apprête à prononcer un discours, attend que tout le monde soit casé. Ça y est, on peut commencer. Le directeur souhaite un joyeux Noël à tous et annonce le programme de la soirée, présentant à l'assistance Dominique Zebb, vêtu d'une cape noire, les yeux exorbités, jetant des sorts en direction des pensionnaires qui le zieutent avec méfiance. Fort de « l'expérience François Le Gond », M. Révelli invite le magicien à se retirer avant que ça ne dégénère, place aux cantinières. Le menu, lui, au moins, est traditionnel, c'est toujours ça ! L'année prochaine, c'est décidé, finis les hommes-orchestres et les drôles de magiciens : bal musette !

Pendant tout le repas, Bébel lorgne la bouteille de vin sans oser se servir, tandis que Mireille décortique son assiette sans manger un morceau. Je me suis mépris. Jusqu'au bout, l'homme fera semblant, soignera les apparences et cherchera à se dissimuler. Si les masques s'effritent à l'approche de la mort, ils ne tombent jamais vraiment. La sincérité ne sera jamais totale. L'homme luttera toujours, avec pour armes toutes l'astuce et la menterie générées par la vie. Jusqu'à son dernier soupir, il voudra opposer une absurde dignité face à la vérité grandissante. Il refusera d'y croire et de s'abandonner, préférera mourir avec les apparences convenables de la vie.

Pour accompagner la bûche, les cantinières servent une coupe de champagne à chaque pensionnaire. Bébel se sent autorisé à boire, se retient seulement d'avaler cul sec sa coupe. Mireille trempe ses lèvres, adoptant un air émoustillé, gardant ensuite son verre à la main. C'est alors que retentissent les premières notes de la *Cinquième Symphonie* de Beethoven, faisant sursauter sur leur chaise les convives assoupis. On a frôlé l'incident cardiaque. Ça commence bien. Dominique Zebb apparaît à l'entrée du réfectoire, enroulé dans sa cape, lançant des éclairs, sortes de pétards lumineux, de flashes aveuglants. Sur un ordre du magicien, la musique s'arrête net et, de son bras déployé, Dominique Zebb instaure le silence dans l'assemblée. Les vieillards observent l'illusionniste du coin de l'œil, sceptiques, attentistes. Debout derrière les tables, à côté de l'extincteur, M. Révelli surveille, prêt à intervenir en cas de pépin. Le magicien s'avance à pas lents, le regard planant, puis, ouvrant brusquement sa cape, il dévoile une surprenante tenue de gladiateur, ou de dompteur, la poitrine barrée de sangles en cuir, une espèce de slip en peau de bête avec une grosse ceinture pour cacher son intimité. Bouche bée, le directeur croit revoir Iggy Pop en concert, deux ans auparavant (un malheureux malentendu, une erreur de date; bilan: trois malaises).

Dominique Zebb se défait de sa cape et exécute quelques tours simples en guise d'introduction, faisant apparaître des objets variés, couteaux, bâtons de dynamite, pinces coupantes, et encore des pétards, en veux-tu, en voilà. Après quoi, il passe au numéro de la boîte à tronçonner, brandissant de longues scies flexibles et scrutant le public à la recherche d'un cobaye. Je ne sais pas à quoi ça tient, c'est peut-être mon air distant, qu'on interprète mal, qui agace, ou bien ma tête qui ne plaît pas, depuis tout petit, que ce soit en colonie de vacances ou dans un wagon de métro investi par une bande de loubards, à tous les coups, c'est moi qu'on choisit comme souffre-douleur. Pointé du doigt par le magicien – « Moi ? » –, je me lève, contraint et forcé, et fais le tour des tables, recevant au passage les encouragements de M. Révelli, visiblement soulagé. Les pensionnaires applaudissent mon entrée en scène – attendez, ne vous emballez pas ! Dominique Zebb me prend dans ses bras et me chuchote quelques recommandations à l'oreille : « Laissez-vous faire, et tout se passera bien. » Il me fait pénétrer dans la boîte, me montre discrètement le truc – « Pardon ? Où ça ? » –, puis referme, un peu vite à mon goût. J'entends les scies siffler au-dehors; soudain, je ne trouve plus ma dernière épitaphe aussi satisfaisante; je me promets de faire plus de sport à l'avenir, de travailler surtout la souplesse; finalement, quand on y pense, la vie est belle!

C'est magique! Je sors de la boîte en un seul morceau, heureux de revoir la lumière, sous les bravos des pensionnaires qui clament mon prénom. Je remercie humblement le public et m'apprête à regagner ma place, quand Dominique Zebb pose une main sur mon épaule: « J'ai encore besoin de vous. » Et il me montre les tréteaux.

Le réveillon du nouvel an est plus sobre et plus intime, rares sont les pensionnaires qui tiennent jusqu'à minuit, et puis, cette célébration du temps qui passe fiche un peu le cafard. Une année s'achève: on hésite à dire « une de plus » ou « une de moins »; une nouvelle année commence: est-ce qu'on ira au bout?

Le temps s'écoule immuablement, insensible à la souffrance de ceux qu'il emporte vers une mort certaine. Mireille se sent de plus en plus faible et cède peu à peu à une mélancolie lugubre. Étendue sur son lit, dans une torpeur morbide, elle me regarde longuement d'un œil froid, comme un défi lancé à travers ses yeux par la mort qui la gagne. Je m'efforce de soutenir son regard sans me détourner ou me fourvoyer, relève le défi. Dans ces moments, Mireille n'est déjà plus et rien, pas un mot, pas un sourire, ne peut la ramener à la vie. Il faut attendre un sursaut venant de je ne sais quelles profondeurs pour que la vie reparaisse à nouveau, diminuée, dans la prunelle de ses yeux. Aussi je ne la quitte plus, je suis pas à pas le travail acharné, laborieux, méthodique, de la mort à l'œuvre. Mireille semble maintenant avoir compris ma motivation et mon intérêt grandissant pour elle. Pourtant, elle ne s'en offusque pas. Elle accepte ma présence à ses côtés et se prête à l'expérience sans s'indigner.

Elle prend désormais tous ses repas dans sa chambre. Je me fais livrer un plateau et mange avec elle pour ne pas la perdre de vue. Je ne la quitte que lorsque l'infirmière de service lui prodigue des soins ou l'aide à sa toilette. J'effectue pendant ce temps une courte promenade dans le parc, avant de revenir à son chevet. Je me comporte comme un véritable voyeur, épiant par l'entrebâillement ce qui se trame derrière la porte, cherchant à saisir le moindre mouvement de l'autre côté. Je veux être là quand *elle* claquera.

Il a neigé cette nuit. Une clarté immaculée inonde la chambre de Mireille. Elle est assise sur son lit, un oreiller calé dans le dos. Elle a à peine touché à son petit déjeuner posé sur la table roulante ; une goutte de café au lait sur le rebord du bol et un coin de biscotte manquant témoignent de ses efforts, malgré tout. Elle m'accueille avec un petit sourire narquois – *rassure-toi, tu n'as rien manqué*. Je lui souhaite le bonjour, puis vais à la fenêtre contempler le parc sous la neige. « Tire les rideaux, veux-tu ? C'est un beau temps pour mourir, tu ne crois pas ? » C'est alors que j'aperçois le survêtement blanc de Bébel se balançant faiblement à un arbre. Il s'est pendu avec sa serviette-éponge, son chronomètre autour du cou, un calot de neige sur la tête.

Rassure-toi, tu n'as rien manqué.

L'ironie veut que Bébel soit enterré en face de moi, c'est-à-dire dans la tombe qui est en regard de la mienne. Par curiosité, j'ai assisté à ses obsèques, me faisant passer pour un ami, ce que j'étais, si l'on veut. Relégué au second rang, derrière la famille, j'ai suivi l'enterrement depuis ma tombe. J'ai vécu la cérémonie un peu comme un avant-goût de mon propre enterrement, à quelques mètres près, famille et amis en plus, aussi. Je me demande qui assistera à mes funérailles. Peu importe.

On m'accusera de cynisme et de cruauté, on me reprochera mon manque de sentiments et d'humanité ; on n'aura pas compris tous les efforts et la douleur pour en arriver là, et la nécessité qui me pousse. Car ce cynisme mortifiant n'est pas une fin, mais un mal nécessaire pour tenter de saisir ce qui se cache derrière notre misérable condition humaine, un remède anesthésiant pour opérer l'homme à cœur ouvert et lui sortir les tripes. Chercher l'homme en l'homme. Seul un point de vue insensible, indifférent, de chirurgien peut me donner la liberté et la distance indispensables à ma quête insensée. J'en suis d'ailleurs la première victime. Je me pose en échantillon humain, sacrifiant ma vie propre au profit d'une vision générique globale. Ma retraite aux *Jours heureux* doit me permettre de comprendre ce qu'est la vie d'un homme, déduction faite de tout divertissement et au regard de son dénouement. Pour l'heure, je n'ai encore rien découvert, comme on découvrirait un trésor enfoui, qui puisse lui donner un sens acceptable noble. Sans doute me fais-je une idée trop haute de l'homme pour cela, ou je lui prête obstinément des qualités qu'il ne possède pas.

Le suicide de Bébel en ce mois de janvier a jeté un froid sur la Maison. On s'étonne, on ne comprend pas, on baisse les yeux, perplexe. Ceux qui savent, ou croient savoir, se taisent. « Ça » ne peut pas expliquer tout, le mal était plus profond. Et soudain, on a l'impression de connaître ce prétendu mal, on se sent inexplicablement, dangereusement proche de Bébel. Vite, on se détourne, on se distrait pour oublier.

Les pensionnaires sont conviés à une séance de cinéma. Une fois par mois, la direction loue les services d'un projectionniste et propose un film récent. Peu compétent en la matière, et afin d'éviter toute maladresse, M. Révelli laisse le choix de la programmation à son fils unique âgé de dix-sept ans, cinéphile avisé, aux goûts un peu apocalyptiques, peut-être. On a pu voir *C'est arrivé près de chez vous*, *Crash*, *Les Idiots*, et j'en passe. Le public est assez clairsemé; toutefois, quelques cris d'horreur ponctuent les séances; on a même dû une fois interrompre la projection pour évacuer un spectateur, c'est dire toute l'émotion que peut susciter le cinéma quand c'est réussi. Trop occupé, M. Révelli, hélas, ne peut assister aux séances, mais fait pleinement confiance à son fils, lequel se destine, avec le soutien inconditionnel de son père, à une carrière cinématographique prometteuse, n'en doutons pas.

Aujourd'hui passe *Rouge carmin*. On frappe à la chambre de Mireille et Clarisse se montre dans l'entrebâillement de la porte, voulant davantage savoir ce que je peux bien « trafiquer » avec ma « chérie » que réellement m'inviter à une séance de cinéma, ou alors pour prendre l'imaginaire place de Mireille. Je déclare que je préfère rester aux côtés de ma « poule » et décline l'invitation de Clarisse, qui hoche la tête en souriant malicieusement avant de disparaître.

« Tu es un vautour. » Je me tourne vers Mireille. Elle me fixe froidement, l'œil dur. Elle répète : « Un vautour. » Alors, j'essaie de lui expliquer, tranquillement, lui expose aussi simplement, aussi délicatement que possible mes raisons, en l'assurant par ailleurs de mon affection sincère. Elle semble comprendre. Elle regarde par la fenêtre et me fait une proposition. Elle va mourir, bientôt, elle le sait, elle le sent. Elle accepte que je l'accompagne si je satisfais à une requête. L'ultime vœu d'un mourant, une folie de dernière heure, un coup d'éclat avant le coup de grâce. Je l'écoute.

Le soir même, je sonne à la porte de Francis : « J'ai un service à te demander. »

« Ah oui ? » Le passionné de rallyes se méfie. La dernière fois que je lui ai demandé un service, ça a fini au poste de police. « Encore un vieux à ramener au bercail ? » Je ne sais pas comment m'y prendre :

— C'est délicat. C'est Mireille. En fait, j'aurais besoin de ta voiture. Pour quelques jours.

— Et pour quoi faire ?

— Pour l'emmener en voyage. Tu comprends, elle va bientôt mourir et elle aimerait voir la mer une dernière fois.

Francis prend un air songeur :

— La mer ?

— Oui. Enfin, tu vois, les vagues, le lointain, l'air marin, la mer, quoi !

— Combien de temps ?

— Ça dépend. Il faut voir. À mon avis, elle n'en a plus pour très longtemps. Une semaine, peut-être.

— Tu as déjà conduit ce genre d'engin ?

C'est gagné. Francis accepte. Il me fait entrer chez lui et me confie les papiers de la voiture :

— Tu fais attention ! Tu me la ramènes en un seul morceau ! Je compte sur toi !

— Oui oui, ne t'inquiète pas.

— Pas de folies !

Je suis Francis dans le garage et il me montre quelques réglages, me met en garde. « Tu as pigé ? Tiens, les clés. » Je le remercie, lui serre la main à deux mains en la lui secouant chaleureusement : « Je te revaudrai ça. » Je ne sais pas comment, mais, bon. Je sors la voiture du garage et me range devant la grille des *Jours heureux*, escorté à pied par Francis, visiblement pas très rassuré.

Mireille m'attend dans sa chambre. Je lui ai préparé un sac de voyage avec des vêtements, son nécessaire de toilette et quelques souvenirs qu'elle tient à emporter avec elle. Je l'aide à s'habiller et la prends dans mes bras pour la porter. Je vérifie que personne ne traîne dans le couloir: la voie est libre, allons-y. Accrochée à mon cou, Mireille se cramponne à moi, aussi légère qu'une plume. Incognito, je file vers la sortie, ouvre les portes à coups d'épaule et me retrouve bientôt dans le parc en pleine nuit, emportant ma protégée vers son carrosse de compétition. Je l'installe dans son siège, boucle sa ceinture-harnais, tandis que Francis se charge de régler les sangles aux mensurations de Mireille. Puis je retourne chercher les sacs. *Mais qu'est-ce que je suis en train de faire ?*

Il est trop tard pour faire marche arrière, j'enclenche la première – « Tout doux ! », me lance Francis derrière le carreau –, et me voilà parti, direction la Normandie, avec une vieille à l'agonie, dans la voiture de Jean Ragnotti, pilote de rallye.

Ça fait longtemps que je n'ai pas conduit. Depuis que je suis aux *Jours heureux*, je n'ai pas touché à un volant. « Oui, ça va, j'ai compris ! » Comment on éteint ces foutus feux de route ? J'ai un peu perdu la main.

Nous roulons dans la nuit, en silence – façon de parler –, abrutis par le bruit du moteur de la Renault 5 Turbo 2. Pour sûr, elle marche bien, la voiture de Jean Ragnotti ! Même si Mireille et moi voulions échanger quelques mots, je n'entendrais pas la voix chétive de ma voisine couverte par les rugissements du bolide et serais obligé de hurler pour lui demander de répéter, déjà qu'elle a l'ouïe déficiente : « Qu'est-ce que vous dites ? »

D'ailleurs, que pourrions-nous dire ? Les mots sont vains et misérables, sonnent creux dans l'immense vide qui nous happe comme cette autoroute sur laquelle nous roulons. Que pourrions-nous dire face à la mort qui ne trahisse notre faiblesse ? Seul le silence a quelque chose d'honorable et de courageux. La parole est dérisoire et tient du ridicule tant elle accuse notre petitesse.

Je me souviens d'un voyage dans un corbillard. On enterrait la mère de ma femme – de mon ex-femme. Toutes les places dans les voitures du cortège étant prises, j'ai fait le trajet jusqu'au cimetière, en Bretagne, en compagnie des employés des pompes funèbres. Dans leur costume de fonction, ils s'étaient tassés sur l'unique banquette du corbillard pour me faire une petite place. Le début du voyage, la première heure, fut des plus sérieux et respectueux. Puis, au fil des kilomètres, la conversation de mes voisins commença à se débrider et, bientôt, on parla sans retenue. Les employés ne se soucièrent plus de ma présence et ils discutèrent de tout et de rien, y compris des sujets scabreux entre hommes que l'on peut deviner. Je regardais défiler le paysage, ma belle-mère dans mon dos reposant dans son cercueil en chêne. Ce voisinage incongru de la vie et de la mort ne fit que me conforter dans mon opinion.

Dans notre corbillard de course, Mireille et moi filons à grande vitesse vers la mer. Pourquoi a-t-elle choisi la mer ? Peut-être recherche-t-elle l'immensité pour se situer, établir un rapport entre l'infini et elle ? La mer invite à l'humilité, pousse à la modestie. Elle a besoin de cet ultime éclairage, de cet encouragement, pour mourir sans regret, se résigner.

Ça consomme, une voiture de rallye ! Je m'arrête pour la deuxième fois à une station-service. Profitant de l'occasion, Mireille annonce qu'elle a envie de faire pipi. Je me gare sur une place réservée aux handicapés et entreprends de la porter dans mes bras jusqu'aux toilettes. J'hésite à aller chez les dames, j'entends des bruits de chasses d'eau, je me décide finalement à entrer. Une jeune femme en tailleur se remaquille aux lavabos, je lui souris, lui montrant mon colis pour justifier mon intrusion. Elle me fait signe qu'elle comprend et m'observe dans la glace entre deux coups de pinceau. Je dépose Mireille devant un W-C et attends à la porte en regardant distraitement le plafond. Elle n'a pas bientôt fini de se maquiller, celle-là ! « Ça va, Mireille ? Hou hou ! » C'est alors que débarque un plein car de touristes en goguette, de retour du dernier spectacle de Céline Dion. Une douzaine de bonnes femmes, la vessie pleine à craquer, investissent les toilettes en fanfare, reprenant une chanson de la star québécoise en mal de maternité : « *J'ai cherché ton âme / Dans les froids dans les flammes / J'ai jeté des sorts / Pour que tu m'aimes encore.* » « Mireille ? Tout va bien ? »

Enfin sortie, Mireille déclare, répondant à mon interrogation : « J'en ai profité pour faire la grosse commission. Apparemment, le voyage me réussit. » À la bonne heure !

Nous arrivons à Ouistreham au petit matin, par un temps brumeux, dans une ville déserte. Suivant les indications de Mireille – « C'est par là » –, je prends la route de la plage et nous longeons le rivage à la recherche de l'*Hôtel Bellevue*. Mireille y a passé des vacances, il y a quarante ans. Souvenirs : « C'était un charmant petit hôtel, avec des balcons fleuris et des volets blancs. » Nous cherchons donc des géraniums, en plein hiver, à cinq heures du matin, dans un brouillard à couper au couteau, à part ça, tout va bien. « Il y avait aussi un jardinet sur le devant avec un moulin.
— Vous ne voulez pas qu'on attende qu'il fasse jour, Mireille ? De toute façon,

il est trop tôt pour prendre une chambre, *Hôtel Bellevue* ou pas. »

Je me gare sur le parking du casino, face à la mer, tous feux éteints. Par la fenêtre entrouverte – « Vous pouvez ouvrir un peu, s'il vous plaît, Antoine, pour la fumée. Merci » –, le bruit des vagues nous parvient, comme un lointain murmure – « Vous ne pouvez pas éteindre votre cigarette, Antoine ? Il fait frais. Vous êtes gentil » –, qui nous aurait plongés dans une douce rêverie, Mireille et moi, et nous aurions pu nous assoupir, délicieusement bercés par le flux et le reflux, pour nous reposer un peu, par exemple. « Vous n'êtes pas fatiguée, Mireille ? — Non, pas du tout. Je vous dis, le voyage me fait du bien. » Je regarde Mireille du coin de l'œil, un cil suspicieux.

Six heures. « Quand ça nous prenait, à mon mari et à moi, on allait faire un tour en Angleterre en ferry. L'embarcadère doit se trouver par là. » J'informe Mireille que je vais fumer une cigarette dehors.

Cependant, je me prends à rire tout seul. Comme la vie peut être si comiquement insensée et absurde quelquefois ! J'arpente le parking du casino d'Ouistreham en fumant une cigarette ; dans quelques heures, je prendrai une chambre d'hôtel avec une vieille ; je conduis une voiture de rallye ; je m'appelle Antoine ; j'ai trente-six ans ; le soleil va se lever ; le vent souffle dans mes cheveux ; la Terre tourne autour du Soleil ; l'univers est infini ; six milliards d'humains ; il est midi à New Delhi ; j'écrase ma cigarette sur le parking du casino d'Ouistreham, Normandie, France. Comment s'y retrouver dans cet emboîtage de poupées russes ? Quelle est la place d'un homme dans ce vaste ensemble ? Quelles prétentions peut-il avoir ? Est-il voué à n'être qu'une particule élémentaire dérisoire – hélas, pourvue d'une conscience –, condamné à vivre petitement ?

Pourtant, il me semble bien, parfois, assis sur mon banc dans le parc des *Jours heureux*, atteindre une certaine forme d'affranchissement, de « surexistence », de surpassement dans l'abandon, qui me délivre de toute appartenance. C'est comme une apesanteur apaisante en un point immobile, une sorte de lévitation existentielle qui suspend le cours ordinaire de la vie. Il faut aller à la fois au plus loin et au plus près de soi-même, délier les amarres qui nous attachent au monde et laisser filer les cordes. On échappe alors à toute emprise et on survole le monde porté par un vent nouveau.

L'*Hôtel Bellevue* n'existe plus. « Ça fait belle lurette qu'il est fermé ! Aujourd'hui, c'est une résidence. — Merci, monsieur. » Mireille est déçue, boude dans son coin. « Ce n'est pas grave. On va chercher un autre hôtel. Tenez, celui-là a l'air très bien. » Je m'arrête devant l'entrée et demande à Mireille de m'attendre dans la voiture pendant que je vais m'enquérir d'une chambre à la réception. « Chambre double ou chambre simple ? — Double, double. » Je remplis la fiche à mon nom – profession : retraité – et la réceptionniste, sollicitée dès potron-minet, un peu déboussolée, au demeurant charmante, me tend la clé en m'invitant à prendre le petit déjeuner. « Enfin, d'ici une demi-heure », corrige-t-elle, après avoir consulté l'horloge.

En attendant, je transporte Mireille jusqu'à la chambre, au premier étage, et je l'installe sur l'un des deux lits qui meublent la pièce, séparés par une table de nuit, une lampe de chevet en guise de point de ralliement, ou de désaccord. « Ça ne vaut pas l'*Hôtel Bellevue*. C'était autre chose ! » Je descends chercher les bagages. « Vous demanderez qu'on me monte le petit déjeuner, Antoine. » J'ai toujours été contre l'euthanasie, estimant que l'homme se doit de vivre tout son dû, même dans des souffrances intolérables. Mais, en descendant les escaliers, assez raides et plutôt dangereux pour qui aurait les bras chargés, par exemple, je me dis que, dans certains cas, ça peut se comprendre, il faut voir. Par ailleurs, en envisageant le pire, la prison peut être une expérience profitable, au même titre qu'une maison de retraite.

Mireille semble oublier que nous sommes là pour qu'elle meure, si possible rapidement : Francis attend que je lui rende sa voiture. Je lui donne dix jours, après quoi nous rentrerons aux *Jours heureux*, de gré ou de force. Il ne faut pas exagérer ! Je veux bien être gentil, si ça peut rendre les choses plus faciles – je déteste les complications –, mais ma patience a des limites ! « Excusez-moi, est-il possible de prendre le petit déjeuner dans la chambre ? »

En cette saison, l'hôtel est quasiment vide. J'ai croisé dans le couloir un couple au bord de la rupture venu se ressourcer au bord de la mer, mais, d'après ce que j'ai pu voir, l'air marin ne produit pas l'effet escompté, on en est loin – peut-être devraient-ils essayer la montagne, les précipices ? J'ai aperçu également, tandis que je fumais une cigarette au rez-de-chaussée, un écrivain en plein travail attablé dans la salle à manger devant une fenêtre, la tête dans les mains, une feuille blanche sous les yeux, se demandant ce qu'il pourrait bien écrire d'important, cherchant à révolutionner le roman français ; je n'ai pas de conseil à lui donner, mais, à sa place, je ne prendrais pas ça trop à cœur et essaierais de me détendre un peu. À moins que le couple ne fasse chambre à part ou que l'écrivain ne dorme dans la cave, ça fait trois chambres occupées en tout sur la vingtaine que compte l'hôtel ; en supposant que les premiers ne cassent pas le mobilier et que l'artiste ne pousse pas des cris la nuit, on devrait être tranquilles. Le risque viendrait plutôt de Mireille et de ses lubies de moribonde réfractaire. Pour l'instant, je réussis tant bien que mal à lui faire garder la chambre, lui commandant de se reposer, de rester allongée, en espérant qu'elle ne se relève pas. Elle me répète qu'elle se sent bien, m'accuse de la séquestrer, de vouloir l'enterrer vive et menace de porter plainte. Je m'efforce de rester calme, évite l'affrontement, descends fumer une cigarette. Dans quel merdier me suis-je fourré ? Quel besoin ai-je eu de l'emmener en Normandie ? J'en suis là.

Cependant, Mireille s'énerve sur son lit, en appui sur les bras comme pour se lever, elle exige que je la sorte immédiatement ou elle appelle au secours. Mettant ses menaces à exécution séance tenante, elle prend sa respiration pour crier avant que je ne l'interrompe in extremis : « D'accord, on va sortir ! On se calme. Chut ! Chut ! » Un doigt devant la bouche et une main en protection, je m'approche doucement de Mireille, toujours en apnée, la gorge nouée, les yeux révulsés, qui commence à bleuir : « Mireille ? » Oubliant tous mes vœux funestes, je lui tape dans le dos pour qu'elle reprenne son souffle, de plus en plus fort, et un râle prolongé, inattendu, une sorte de pet pectoral, nettement différent du rot, s'échappe de sa bouche ouverte avec des modulations de type diarrhéique. Étonnant. Les poumons vidés, Mireille récupère peu à peu, pendant que je continue à lui tapoter le dos en observant ses réactions, non sans une certaine curiosité. Mais le malaise est passé, il n'y a plus rien à voir. On a eu chaud ! Je décide de l'emmener à la plage dans un bon manteau pour lui faire prendre l'air.

Je m'en serais voulu si elle était morte dans ces conditions, en voulant crier au secours ; d'un autre côté, c'eût été assez beau et révélateur. Mais on meurt toujours mochement, absurdement. On laisse toujours derrière soi entier « le mystère de la vie », sans jamais apporter de réponse satisfaisante ou seulement encourageante qui justifierait qu'on ait vécu, sauf à considérer qu'on fut pour perpétuer l'espèce et entretenir ledit mystère. Maigre et cruelle consolation. Il faut s'y résigner, à défaut de mieux, et en espérant la venue parmi nous d'un hypothétique messie à la parole lumineuse pour nous éclairer, mais d'où pourrait-il venir ?

La mer. C'est beau. Les vagues, le bruit des vagues, l'horizon.

Assis sur une dune, Mireille et moi contemplons le large. Sur la plage, un véliplanchiste s'apprête à affronter les éléments, enfilant une combinaison d'homme-grenouille qui lui couvre le corps des pieds à la tête. Je me suis toujours demandé quel plaisir on pouvait tirer de ce genre d'exercices ; je me suis essayé une fois, dans ma lointaine jeunesse, à l'escalade, ça m'a suffi. On l'aura compris, je ne suis pas un homme d'action. Toute ma vie, pour ainsi dire, je me serai adonné à une contemplation abstentionniste confinant à l'absence. C'est le seul moyen que j'ai trouvé pour ne pas trop me compromettre avec la réalité ordinaire. J'ai cherché à pénétrer le cœur des choses, si tant est qu'il y en ait un, je me suis posé en observateur pour tenter de saisir un destin, entrevoir un chemin, une perspective, au-delà de ce qu'il nous est donné de voir. Mais force est de constater que je n'ai pas le talent de Moïse, la mer ne s'ouvre pas devant moi, l'horizon reste toujours aussi bouché, lointain et flou à mes yeux, alors même que le véliplanchiste s'élance maintenant à sa rencontre, chevauchant les flots à bride abattue – bonne chance ! Je n'attends pas de miracle, seulement une petite brèche à approfondir, une raison d'espérer, une lueur de salut, un point de fuite et de repli. Trois dimensions ne suffisent pas à contenir mes rêves, mes idées de grandeur.

Blottie contre mon épaule, Mireille s'accroche à mon bras. Quoi qu'elle en dise, elle n'a plus la force de seulement regarder la mer, tant le spectacle du monde qui perdurera après elle est une douleur, et a besoin d'un soutien. Pour autant, elle ne capitule pas et tient encore à se mesurer à la vie, avec mon aide, et à revendiquer sa part, si minime soit-elle. Elle se cramponne à mon bras comme à une ultime prise avant de s'abîmer dans le vide. Elle y enfonce ses ongles, comme pour y laisser sa griffe, une marque de son passage, un tatouage indélébile, un vaccin contre l'oubli. Je lui prête mon corps à défaut d'une autre mémoire et lui donne ma peau pour parchemin. Je porterai sa signature dans ma chair puisque le cœur d'un homme ne peut être fiable. Longtemps après que la plaie se sera refermée, il restera toujours une cicatrice, peut-on le dire aussi sûrement des blessures de l'âme ? En cet instant, sur cette dune, Mireille mesure toute la vanité et l'insuffisance de la vie, l'engeance pitoyable des hommes. Puis elle sort de sa poche une photo secourable de ses petits-enfants. Après l'avoir considérée froidement, elle la contemple soudain en souriant et ses yeux se remplissent de larmes. En cet instant, sur cette dune, Mireille mesure toute la tendresse et le charme discret de la vie, la touchante humanité des hommes.

Que sont les larmes de Mireille ? De simples gouttes d'eau dans un océan de misère. Pourtant elles portent en elles ce sel particulier qui donne son goût à la vie en apportant un peu de saveur humaine. Quoi que j'en pense, sans cette humanité, si imparfaite et ténue et bafouée soit-elle, il est certain que l'homme ne mériterait pas qu'on s'y attarde.

Je prends Mireille dans mes bras – allez, hop ! – et nous regagnons la voiture. Nous roulons au hasard le long de la côte, sans un mot. Un adolescent fugueur exécute des figures aux manettes d'un cerf-volant sur la plage ; les boutiques de souvenirs sont fermées pour cause d'amnésie hivernale ; des flocons de neige égarés cherchent leur point d'atterrissage : c'est la morte saison.

« J'ai envie d'huîtres. » Je consulte ma montre, seize heures, et fais celui qui n'a pas entendu. « J'ai envie d'huîtres ! » Une vraie femme enceinte ! Ne nous énervons pas. J'explique à Mireille que là, tout de suite, ce sera difficile, mais, si elle veut, ce soir, nous pourrons aller au restaurant déguster autant d'huîtres qu'elle le souhaite, et, qui sait, peut-être y en a-t-il sur la carte de l'hôtel, ce qui nous éviterait de sortir, enfin, de chercher, je veux dire. Mireille me lance un regard dédaigneux : « Dégonflé ! » J'ai un peu perdu l'habitude de vivre en couple et je dois avouer que j'ai du mal à me remettre dans le bain. Je jette un œil sur la portière de Mireille, après m'être assuré que ma passagère ne portait pas sa ceinture de sécurité – un oubli de ma part –, puis avise plutôt un platane, à cent mètres, idéalement placé, en plein virage, mais me rappelle les recommandations de Francis : « Vous avez de la chance, Mireille ! » Elle ne comprend pas bien où je veux en venir et hausse crânement les épaules. Sur ce, nous passons en silence devant l'étal d'un poissonnier.

— J'ai des bigorneaux, si vous voulez.

Je visionne l'étal du marchand d'un mouvement de tête : quelques variétés de poissons morts sous la torture sont exposées sur leur lit de glace ; un crabe ligoté agonise sous un ficelage d'algues ; des moules qui n'en peuvent plus de la fermer passent aux aveux ; et, dans un seau que me tend le poissonnier, une poignée de bigorneaux ébouillantés attend désespérément une main secourable. « Vous comprenez, c'est pas toujours facile. » Moi, je comprends : « Va pour les bigorneaux. » Par contre, je ne suis pas sûr que Mireille fasse preuve de la même compréhension.

De retour à la voiture, je tends à Mireille le sac de bigorneaux et elle le soupèse avec incrédulité, comme un collecteur de fonds mafieux à qui l'on remettrait de la petite monnaie : « C'est pas des huîtres ! » Eh non ! Inutile de lui expliquer que les affaires tournent mal ces temps-ci, ce serait peine perdue, je roule droit devant, les yeux braqués sur la route. Au premier mot de travers, je l'éjecte par le pare-brise.

« Et comment je fais pour les manger ? Avec mon petit doigt ? »

Francis est un homme organisé, prévoyant, qui ne laisse rien au hasard. Sa trousse à outils de bord est une véritable mine d'or, on y trouve tout ce dont on peut avoir besoin pour réparer, bien sûr, les outils courants, tournevis, clés et compagnie, mais aussi tout un attirail de menus ustensiles très pointus, parmi lesquels une collection d'aiguilles à coudre piquées dans une lanière de cuir par ordre croissant de taille, parfaites pour manger des bigorneaux, en l'occurrence. Par je ne sais quel hasard, conjugué à une conduite sportive dépressive, nous sommes arrêtés au bord d'une falaise surplombant la mer, au bout d'un chemin côtier, un banc solitaire en guise de butoir et d'invitation au calme. Je referme le coffre de la voiture après avoir prélevé une aiguille dans la trousse à outils et emporte Mireille dans mes bras avec le sac de bigorneaux sans lui demander son avis. Quelque peu secouée par notre rallye, elle ne bronche pas et se laisse transbahuter, encore toute tremblante. Je la dépose sur le banc et lui donne l'aiguille – *Allez, bouffe !* Puis je reste debout devant le panorama, prenant à témoin l'étendue du monde, allant jusqu'à tutoyer l'univers : *Tu peux me dire ce que je fous là ?!*

J'ai déjà parlé de mon attachement aux bancs et, pendant un instant, j'ai bien envie de le faire partager à Mireille, de la planter là avec ses bigorneaux, comme une grand-mère oubliée sur le bord de la route au mois d'août. Mais en la regardant s'escrimer avec ses coquillages sur son banc, des flocons de neige dans les cheveux, au-delà du pitoyable, je ne peux m'empêcher d'éprouver soudain une réelle tendresse, de l'amour. Mireille m'apparaît subitement dans toute son innocence et toute sa force, image salvatrice de l'homme, d'une simplicité naïve, presque infantile. Évidemment, je ne l'aurais jamais laissée tomber – j'aurais fait demi-tour –, et je m'explique maintenant cette évidence, en dehors de toute obligation morale. Pour la première fois, je tiens la vie d'un être entre mes mains, de manière quasiment palpable, et cette vie, si frêle soit-elle, vaut plus que tout. Sur cette falaise, je pèse tout son poids, dépouillé de ses tares, dans la balance avec la mort, et je penche irrésistiblement de son côté.

Quand Mireille a épuisé le sac de bigorneaux, semant à la ronde les coquilles, je m'accroupis devant elle et prends ses maigres genoux dans mes mains. « Je suis un boulet. Tu n'en as pas assez de me traîner ? » Je lui souris et fais non de la tête. « Rentrons. »

Mireille est morte cette nuit, dans son lit. Une belle mort, dit-on.

Je suis descendu à la réception ; le couple réglait sa note, partageant les frais en deux, s'engageant déjà dans les procédures ; l'écrivain, à sa table, semblait avoir trouvé une faille et s'y engouffrait frénétiquement ; j'ai pris garde de ne pas effrayer la réceptionniste : « Excusez-moi, est-ce que vous pouvez appeler la police, s'il vous plaît ? » La police m'a posé quelques questions ; j'ai donné les coordonnées des *Jours heureux*.

Debout au pied du lit, je contemple le cadavre de Mireille en compagnie de son fils. Un type bien, posé. Après que je lui ai fourni des explications, il m'a assuré qu'il n'y aura pas de plainte pour enlèvement, il y veille. Je l'ai remercié. Il n'a pas l'air tellement bouleversé : « Il fallait s'y attendre. On s'y était préparé. » J'ai envie de lui répondre que ça fait bientôt vingt ans que je m'y prépare, en ce qui me concerne. Mais ce n'est ni le moment ni l'endroit pour raconter ma vie et exposer ma vision personnelle des choses. En outre, vu les circonstances, je ne suis pas sûr qu'il comprenne. Je ne veux pas prendre le risque qu'il change d'idée et qu'il décide, à la réflexion, de porter plainte, non plus pour enlèvement, mais pour incitation au suicide, voire pour meurtre. À sa demande, je lui fais le récit des derniers jours de Mireille, passant sur les détails et les accrocs d'une cohabitation difficile. Si bien qu'il en vient à me remercier à son tour pour avoir assisté sa mère dans ses dernières volontés. Il n'y a pas de quoi. Il est un peu perdu et me demande conseil quant aux démarches à entreprendre auprès de l'administration et des pompes funèbres, sans se douter qu'il a devant lui un expert. « Elle est belle, vous ne trouvez pas ? » Je lui réponds que c'est peut-être parce qu'elle est morte pendant son sommeil, d'où cet air serein, cette placidité. Il hoche la tête. Je crois qu'il m'apprécie.

Il insiste pour que je l'accompagne à la mairie, puis au magasin de pompes funèbres que nous indique l'employé d'état civil, dans une rue voisine, à deux pas. Je me charge de la demande de transfert du corps, lui donne mon avis sur le choix du cercueil – « Vous croyez ? C'est un peu fruste. Il ne faut pas quelque chose de plus élégant ? » Nous dînons ensemble au restaurant de l'hôtel. Nous commandons des huîtres. Il travaille dans l'informatique. Je lui dis que je suis jardinier aux *Jours heureux*.

Toute ma vie, je me suis laissé mourir.

Un beau soleil d'été illumine le parc. Le feuillage des arbres procure de larges plages ombragées où se retrouvent de petits groupes occupés à des jeux secrets ou des complots inavouables. Encadrés par des moniteurs, les autres enfants jouent à la passe à dix, à chat perché, à la ronde. Quelques solitaires mal à l'aise observent à distance leurs camarades ou se renfrognent dans un coin, cultivant une originalité prometteuse. Assis sur mon banc, un chapeau de paille sur les yeux, ma canne à la main, je contemple le spectacle immuable de la vie. Et je me pose toujours les mêmes questions.

Au bout de l'allée se dresse la Maison, quelque peu modifiée, arrangée, pour répondre aux besoins et aux exigences de sa nouvelle vocation. À l'entrée, on peut lire : *Les Jours heureux-Centre de loisirs*.

À l'exception de quelques rhumatismes, je me porte comme un charme. Il y a dix ans, le petit-fils de M. Révelli a pris la succession de son père à la direction des *Jours heureux*. La Maison périclitait, après de malencontreux accidents, ne bénéficiait plus de la même réputation dans la région. Le nouveau directeur a décidé alors d'opérer un virage à cent quatre-vingts degrés en réformant le statut de la Maison. Désormais, *Les Jours heureux* seront un centre de vacances pour la jeunesse. J'ai craint pour mon sort, mais M. Révelli petit-fils, que j'avais vu grandir, m'a aussitôt rassuré : depuis le temps que j'étais là, je faisais partie des murs, en quelque sorte ; je conserverais ma place de « jardinier » quoi qu'il arrive. Et me voilà, assis sur mon banc, au milieu d'enfants !

Un jeune garçon s'approche de moi. Il hésite, puis s'assoit finalement à ma droite.

— Monsieur, vous habitez où ?
Je lui demande comment il s'appelle.
— Alain.
— Tu permets que je t'appelle Al' ?
— D'accord, mais vous habitez où ?
— J'y viens, Al', j'y viens.

6595

Composition Chesteroc Ltd
Achevé d'imprimer en France (La Flèche)
par Brodard et Taupin
le 21 avril 2008. 47284
Dépôt légal avril 2008. EAN 9782290323809
1er dépôt légal dans la collection : mai 2003

Éditions J'ai lu
87, quai Panhard-et-Levassor, 75013 Paris

Diffusion France et étranger : Flammarion